CARGAISON MORTELLE

PHILIPPE HUET

CARGAISON MORTELLE

ROMAN

ALBIN MICHEL

22, rue Huyghens, 75014 Paris
ISBN : 2-226-09271-4

À Michel Lebrun

1

— Alors, Jules, qu'est-ce que t'en dis ?

Ses deux mains en appui sur les accoudoirs, le flic repoussa en arrière son fauteuil de plastique blanc, étira paresseusement ses jambes. Il avait trop bu et trop bouffé. Ces gueuletons de midi le détruisaient pour le reste de la journée...

— J'en sais rien... faut que j'y réfléchisse...

— D'accord, Jules... mais crois-moi, les jours cavalent. Ces huit mois, tu ne vas pas les voir passer. Et puis, il faut que je sache aussi...

Jules Correto réprima de justesse un bâillement, plaqua ses doigts contre sa bouche entrouverte. Henri insistait lourdement. C'était un teigneux, un tenace, qui ressentait comme un échec de ne pouvoir convaincre d'emblée. D'avoir quitté la Maison ne l'avait pas changé.

Sans grande illusion, Correto voulut faire diversion.

— Putain, ce qu'il peut faire chaud aujourd'hui.

Il tendit le bras en l'air, arrêta la course du parasol qui tournait sous l'effet d'une brise molle et tiède. Le carré de toile était censé les préserver d'un soleil d'août en fusion, mais la chaleur s'y concentrait comme sous le couvercle d'une boîte. Une vraie fournaise…

— Tu te vois, dans huit mois, entre tes mots croisés et ta télé ! Tu vas crever, vieux, tu vas crever !

Rien à faire. Henri remettait le couvert.

— Je ne suis pas certain que ce soit un boulot pour moi. Traquer ces pauvres types, ça ne me dit pas grand-chose a priori. Qu'est-ce qu'on peut leur reprocher, hein ! De vouloir échapper à leur vie de merde, de vouloir sauver leur peau ? Et, au lieu de les aider, on les arrête…

— Et qu'est-ce que tu fais depuis bientôt trente ans ?

Pour la mauvaise foi, Henri ne craignait personne. Mais le policier n'avait plus la force de croiser le fer.

— Justement, je suis fatigué.

— Eh bien, regarde-moi ! s'exclama l'autre en se frappant la poitrine des deux poings. Est-ce que j'ai pas l'air en forme ?

Le salaud. Henri Borel avait toujours été un expansif grand format, un optimiste déclamatoire, rarement atteint par le syndrome du flic en crise existentielle. Mais là, il pétait le feu, il nageait en plein bonheur, et ne se privait pas de le dire.

— Crois-moi si tu veux, vieux, mais je me sens rajeunir tous les jours !

C'était encore plus spectaculaire au physique. Borel avait sauté la soixantaine en jeune homme.

Carré d'épaules et plat du ventre. Il y a cinq ans, lorsqu'il avait divorcé pour épouser Laurette, de vingt ans sa cadette, les blagues douteuses avaient fusé de partout et à tous les étages, au commissariat. Au point que le « jeune » marié avait fini par mettre sa main sur la gueule d'un brigadier-chef qui avait poussé un peu trop loin la plaisanterie. Ça avait fait toute une histoire... N'empêche que le nouvel hymen entretenait bien le bonhomme.

— Tu ne changes pas, reconnut placidement Jules Corretto.

— Mieux, j'te dis, dix fois mieux...

— Faut croire que Laurette sait s'y prendre...

— Il n'y a pas que ça. Du sport tous les jours et un travail qui te plaît, un boulot passionnant qui t'empêche de te laisser aller, glissa Borel en jetant un regard apitoyé sur l'enveloppe charnelle légèrement avachie de son copain.

Correto se redressa brutalement, y gagna une douleur fulgurante au niveau des dernières vertèbres, ce qui le mit instantanément de méchante humeur et lui inspira une réplique vaseuse :

— On n'a pas les mêmes valeurs, monsieur Borel.

— Attends, attends ! t'as l'air de me traiter comme un ripoux ! Où tu vas là ?

Le visage de Borel s'était subitement empourpré. Il était vexé, se sentait insulté.

— Mais non, vieux, ce n'est pas ça. Simplement, ce n'est plus le même boulot, et je ne me vois pas...

— T'as rien compris, coupa l'ex-inspecteur.

Ou plutôt, tu fais celui qui ne veut pas comprendre... Qu'est-ce que tu crois ? Je te connais trop, vieux salopard.

Correto rafla machinalement le gros verre ballon où gisait un fond de calvados hors d'âge qui chauffait comme une infusion. Quelques minutes plus tôt, il s'était promis de ne pas y toucher. Ça allait l'achever.

Sans l'ombre d'une lassitude, l'ancien inspecteur divisionnaire Henri Borel reprit tout à zéro. Comme pour l'un de ces bons vieux interrogatoires qu'il avait menés jadis à des centaines d'exemplaires. Cela faisait près de deux ans maintenant qu'il avait décroché, mais il n'avait pas perdu la main : il récapitulait toute son affaire, et après avoir emmagasiné les objections de son interlocuteur, les ressortait au moment voulu pour les anéantir comme autant d'alibis bidon.

Mais Jules Correto n'était plus sous le charme. Tout à l'heure, oui... tandis qu'il picorait les amuse-gueule pour tromper sa faim, il avait été subjugué par le récit de Borel. L'ex-policier avait le don de raconter, et sa saga des clandestins roumains qui échouaient sur le port et se planquaient dans les conteneurs en espérant la terre promise, il l'avait tournée en western. A l'entendre, c'était la chasse aux Indiens. Et lui, c'était le cow-boy, le shérif. Il piquait le hors-la-loi, et après, on le ramenait dans sa réserve, là-bas, dans l'Est. C'est ça qui ne plaisait pas à Correto...

— Mais y a pas d'autre moyen, merde ! Qu'est-ce que tu veux qu'on en foute ? Si on laisse faire, c'est le vrai bordel. Déjà que ça l'est pas mal...

Borel citait les chiffres. Deux cents clandestins découverts il y a deux ans. Plus du double l'an dernier. Et en août de cette année, on en était déjà à plus de cinq cents. La chute de Ceaucescu n'avait visiblement pas résolu tous les problèmes, et les Roumains n'avaient toujours pas la belle vie. Par contre, ils étaient libres. Libres de foutre le camp, surtout, de fuir le malheur qui s'entêtait, et ils en profitaient au maximum. Destination : le nouveau monde, rêve éternel de tous les crève-la-faim.

— Ce n'est pourtant pas ce qui manque là-bas, glissa Correto.

— Ils pensent peut-être que seuls les Noirs n'ont pas de pognon... toujours est-il qu'on est sur leur route. Le point de départ obligé, c'est l'un des grands ports européens tournés vers l'Amérique. Tu as Anvers, Rotterdam, ou Le Havre...

A en croire Borel, Le Havre, c'était la bonne porte. Trente lignes régulières qui sillonnaient l'Atlantique Nord, des milliers de conteneurs en attente sur des kilomètres de quais... Et pour surveiller le tout, une trentaine de fonctionnaires de la Police de l'air et des frontières et moins de cent employés de la Sécurité portuaire. Autrement dit, rien. Ce n'était plus un port, c'était une passoire...

— Tout le monde a fini par en avoir un peu marre, à commencer par les compagnies maritimes qui passent à la caisse dès qu'un clandé est trouvé à bord d'un bateau. Cinquante mille francs d'amende par tête de pipe. Aussi, quand on a proposé nos services, on a été accueillis à bras ouverts. Et comme nous sommes de plus en plus efficaces, la demande suit. On bosse en permanence sur les conteneurs, on est débordés, on ne débande plus. C'est pour ça, Jules, que j'te dis...

Infatigable, Borel se répétait.

— Je sais, Henri, articula Jules Correto d'une voix lasse.

Sa boîte avait effectivement l'air de tourner à plein régime. A peine avait-il rendu son arme de service que l'inspecteur divisionnaire en retraite s'était associé avec un copain inspecteur des douanes pour monter une société de surveillance : la SPC. Sécurité, Protection, Contrôle. Un ancien flic et un ancien douanier, c'est un duo qui inspire confiance, semble-t-il... Sans compter les relations amassées dans le boulot. Ça aide. Mais depuis qu'ils s'étaient spécialisés dans la chasse aux clandestins planqués dans les grosses boîtes, les deux limiers entrevoyaient une tout autre prospérité. Le conteneur, c'était l'avenir du trafic portuaire. Le problème, c'est que plus le commerce marchait, plus il y avait de détresse dans le monde. Et de passagers indésirables dans les conteneurs. Ça sentait le décollage à la verticale pour les patrons de la SPC. Et, selon Borel, ils n'en finissaient pas de prendre de l'altitude...

— Remarque, reprit l'ex-flic sur un ton radouci, d'un côté, je te comprends. Tu vois ça de l'extérieur. Faut pas croire que ça nous fait plaisir de leur mettre la main dessus, à ces pauvres types. Ce sont des désespérés, prêts à prendre tous les risques. Et quand ça ne marche pas une première fois, ils recommencent, et ils recommencent encore... Des fois, ils sont dans un tel état quand on les retrouve qu'on a l'impression de leur sauver la vie...

Sourire narquois de Correto.

— Je n'ai pas vu ton insigne de la Croix-Rouge.

— Je te jure. Tu te rends pas compte. Ils restent là-dedans trois, quatre jours, plus parfois. Un vrai calvaire. Je suis même certain qu'il y en a qui crèvent dans leurs boîtes. Il suffit d'un retard à l'appareillage, d'une grève, d'un problème quelconque. Ce sont de vrais cercueils, ces trucs-là...

— Et vous n'en savez rien ?

— Tu parles ! Les cadavres sont balancés à la flotte, on les fait disparaître sans laisser de traces. Et je vais te dire autre chose : on n'attend pas toujours qu'ils soient morts. Comme ça, pas d'amende. Et je ne vois pas qui pourrait réclamer... Alors, tu vois que notre boulot, à côté de cette saloperie, c'est plutôt clean. Que tu le veuilles ou non, on fait respecter la loi, tout comme toi.

— T'as peut-être raison, concéda Correto.

— Je veux, oui !

Le ton péremptoire l'irrita encore un peu plus. Henri était peut-être bien dans sa peau, n'empêche qu'il lui fichait le cafard. Ils avaient été plus que potes, presque frères dans le boulot. Vingt ans main dans la main, y compris dans les sales moments. Et en vingt et quelques années de service, les galères n'avaient pas manqué. Mais ils ne s'étaient jamais lâchés. Le fait qu'il soit passé commissaire, qu'il ait pris la direction de la Criminelle tandis qu'Henri stagnait dans ses paperasses n'avait rien changé à leur amitié. C'est maintenant que ça foirait, depuis que l'inspecteur avait quitté la police. En fait, songea Correto tristement, on n'a plus rien en commun et plus rien à se dire. Flic à la retraite, ça ne signifie pas grand-chose. On est flic ou on ne l'est plus. Et, dans huit mois, ce sera mon tour...

— On va peut-être y aller, Henri...

Il se leva pesamment, constata avec épouvante que la sueur lui dessinait des auréoles larges comme des assiettes sous les aisselles, esquissa un geste de pure forme lorsque, d'un claquement de doigts, Borel exigea du garçon qu'il lui apporte l'addition.

— Je t'en prie, c'est ma cantine, fit-il en signant simplement la note.

Corretto constata que la terrasse du restaurant, tout à l'heure envahie par une cohorte de touristes anglais, s'était complètement vidée. Il jeta un coup d'œil par-dessus la haie de fausse verdure, constata qu'en face, sur le quai, tout le monde avait rejoint les voitures regroupées sur le parking. L'embarcadère du car-ferry avait donné de la vie à ce coin de la ville. Flanquée de ses deux hautes tours rectangulaires, la muraille d'immeubles brunâtres qui faisait face au bassin de la Manche n'était pourtant guère accueillante. Mais au bout de la rue de Paris et de ses sinistres arcades ponctuées de colonnes bétonnées, le quai Southampton s'étendait comme une presqu'île colorée. Surmontés d'enseignes bigarrées, restaurants, brasseries et bistrots se tenaient au coude à coude, ne formant qu'une seule ligne au rez-de-chaussée. L'Anglais n'allait pas plus loin, ne traversait généralement la cité qu'en coup de vent. C'est là, au pied du bateau, qu'il ne fallait pas le rater...

— Pourquoi tu ne viendrais pas voir comment on travaille, Jules ? Pour te rendre compte. Une nuit par exemple ? Tu seras épaté, tu verras.

— Pourquoi pas ? prononça mécaniquement le commissaire.

Sa veste, trop chaude, lui pesait sur le dos comme une armure. Il admirait l'aisance d'Henri Borel. Sous son costume de toile claire, il portait un tee-shirt noir, ras du cou, un truc de jeune, et il n'était pas ridicule. C'était Bouvines face au Club Med.

— En tout cas, tu es au courant de tout maintenant. On cherche un troisième associé, et franchement, ce serait super que tu nous rejoignes. On ferait une équipe formidable.

Correto ne put s'empêcher de lancer une nouvelle vanne :

— Et un ancien commissaire de police, ça ferait bien dans le tableau. C'est bon pour les affaires.

— Je ne dis pas le contraire ! répliqua Borel sans se démonter.

Ils se dirigèrent côte à côte vers leurs voitures, durent crier pour poursuivre leur conversation. Dans un boucan infernal, les poids lourds anglais gravissaient la passerelle métallique, faisaient souffrir les tôles et se garaient dans le ventre ouvert du ferry.

— De toute manière, je ne te foutrai pas la

paix. Je t'appelle dans moins d'une semaine, gueula Henri Borel avant de s'engouffrer avec souplesse dans son Audi 100.

Jules Correto le laissa démarrer, répondit à son salut par un vague signe de la main, avant de s'installer au volant de sa vieille R 20 de service. Le remords d'avoir trop bouffé, trop forcé sur le sancerre, lui minait le moral. Le flic avait hâte de retrouver la fraîcheur de son bureau, l'ambiance du commissariat, la photocopieuse en panne et les lamentations de ses subordonnés.

— On n'est plus sur la même planète, murmura-t-il en mettant le contact.

2

Robert Bassot détestait travailler au mois d'août. C'est du moins ce qu'il prétendait. Chaque rentrée de septembre le retrouvait exsangue, nerveusement épuisé d'avoir craint, jour après jour, de ne pouvoir remplir sa mission du soir. Il tombait alors sur le dos des bronzés avec rage, les obligeait à entendre le récit de la grande disette, les hantises d'un tableau de service désertique et les bouclages in extremis grâce à des bouche-trous honteux qui, affirmait-il, l'auraient, en d'autres temps, amené au bord du suicide. Pour finir, Robert Bassot jurait, la main sur le typomètre d'acier, ex-instrument de travail devenu ornement de bureau, qu'il ne se ferait plus jamais piéger. Que plus jamais il ne se retrouverait comme un con au milieu d'un journal de nudistes, qu'il ne voulait plus être à poil quand il fallait habiller une trentaine de pages quotidiennes. Au 1er août de l'année suivante, bien évidemment, Robert Bassot était toujours à son poste.

Les moins anciens comprenaient mal l'entêtement du rédacteur en chef à vouloir vivre un tel calvaire. Il était le vrai patron du journal, régnait sur l'ensemble de l'entreprise, y compris sur l'atelier, avec la pleine confiance d'administrateurs lointains, et laissait un directeur général peu concerné s'adonner au plaisir du golf, de la voile et des mondanités. Surnommé « l'Ours » par sa rédaction, Robert Bassot pouvait tout se permettre. Aussi, qu'il prétende ne pas pouvoir partir en vacances l'été laissait les ignorants perplexes. C'était justement la saison où le journal hibernait légèrement.

Les dinosaures de la plume, eux, avaient depuis longtemps percé le secret du faux masochiste. Père de cinq enfants, dont deux déjà étaient mariés, Robert Bassot vivait en août ses trente meilleurs jours de l'année. Sa cure de repos. Toute la smala émigrait à Villerville dans la villa familiale du bord de mer, laissant le patriarche seul avec ses conserves et le congélateur rempli à ras bord, dans l'immense baraque juchée sur les hauteurs de Sainte-Adresse. Le rédacteur en chef ne s'en vantait plus, désormais, mais c'était pour lui le mois délectable du silence et de la solitude. Il n'en était plus, comme au début, à espérer rencontrer la Marilyn Monroe de *Sept ans de réflexion* ou à imaginer des javas dont d'ailleurs il n'avait plus le goût. Il en avait connu de mémorables, et sans le moindre reproche de la part de sa femme qui, il le reconnaissait presque à contrecœur, était admirable à bien des égards… Non, ce qu'il goûtait avant toute chose, c'était le silence, le vertigineux silence d'une maison qui vibrait et s'agitait habituellement de tous les bruits, de toutes les criailleries d'une famille adorable, mais plus envahissante qu'une tribu de Huns. S'endormir seul devant la télé allumée, en chaussettes et les pieds étalés sur la table basse... tel était, pour Robert Bassot, le nirvana d'été.

Mais chaque lendemain, le rédacteur en chef retrouvait son angoisse de la journée, les affres du « journal à remplir ». Dans ces moments-là, Bassot n'était pas égoïste, il tenait à faire partager à toute la rédaction — « Enfin, la rédaction... je devrais dire ce qu'il en reste », grinçait-il en contemplant l'aréopage de stagiaires qui suppléaient à l'absence des titulaires — le bonheur de se battre les flancs pour trouver quelques articles dignes d'intérêt, alors que, tout le reste de l'année, il ne s'agissait que de sélectionner, mutiler, amputer, et même carrément foutre au panier de la « bonne info », puisque le journal était immuablement bouffé par la publicité.

— Je n'ai plus rien, râla ce matin-là Robert Bassot en entrant dans la salle de rédaction. Rien de rien. Les chemises sont vides. Même plus un communiqué. C'est le gouffre, le néant, le vide absolu. Alors, les enfants, il va falloir se remuer le cul !

Les « enfants », au nombre d'une demi-douzaine, plantés devant les ordinateurs, courbèrent l'échine en silence. Malgré leur peu d'expérience, ils eurent le sombre pressentiment d'avoir à assumer quelques minables travaux d'été désignés par leurs aînés sous le terme de « marronniers ». L'Ours, ils le savaient, en avait toute une forêt dans sa mémoire de journaliste et il allait sans aucun doute leur faire partager sa riche expérience.

Les novices ne se trompaient pas, pas plus qu'ils n'exagéraient la mauvaise humeur du rédacteur en chef. Robert Bassot vivait sa pire semaine, celle qui précédait le week-end du 15 août, qui est au journalisme de province ce qu'est le désert de Gobi à la forêt tropicale. La ville du Havre, plus cotée pour sa zone industrielle que pour son attrait touristique, était à peine plus animée. Le port lui-même dormait en eaux calmes. Il fallait se tourner vers la plage décriée et vilipendée, appréciée pour ses espaces mazoutés, mais qui, par ces fortes chaleurs inhabituelles, restait le seul lieu abondamment peuplé. Ce fut, bien entendu, la première mission à couvrir. Deux rédacteurs, sommés de ramener un papier inoubliable, partirent en corvée, flanqués d'un photographe blasé jusqu'à l'écœurement. Après trente ans de métier, il collectionnait plus de saisons d'été, de Toussaint, de 11 Novembre, de rondes des sapins de Noël et de retours de colos que quiconque dans la profession. Les autres stagiaires s'égaillèrent dans la nature avec des sujets tout aussi affriolants. Les campings de la région, les clubs Mickey, les centres d'équitation et les syndicats d'initiative allaient avoir de la visite. Et un bon coup de pub par la même occasion.

Satisfait de son briefing coup de poing, Robert Bassot réintégra son bureau et se pencha à nouveau sur la pagination qu'il qualifia de démente. Il y avait de la place partout. Dans toutes les pages, c'était du blanc. Y compris dans la rubrique nécrologique qui, par un phénomène qui ne s'expliquait pas, fondait dans des proportions considérables. Il est plus dur de mourir au soleil, disait la chanson. Ce devait être vrai. Les gens s'accrochaient...

Un sifflotement syncopé, signe d'une humeur joyeuse et d'un goût prononcé pour le rythme rocké, détourna le rédacteur en chef de son nouveau souci. Dans l'embrasure de la porte qu'il avait, comme toujours, laissée grande ouverte, Robert Bassot aperçut la silhouette élancée d'un jeune garçon blond coiffé comme un briard qui, après avoir lancé d'un geste désinvolte son casque sur un bureau, se laissa tomber dans un fauteuil et se fit tournoyer, jambes relevées.

— Forman ! aboya Bassot. (Il l'avait oublié, celui-là.)

— Oui, monsieur Bassot.

Le stagiaire retardataire s'avança, apparemment décontracté, entra dans le bureau foutoir de son rédacteur en chef. Robert Bassot ne consentait à faire le vide en son royaume qu'entre Noël et le jour de l'An. Là, armé de grands sacs-poubelle, il jetait à pleines pelletées des kilos de documents dont il affirmait ne pouvoir se passer tout au long de l'année. En attendant, jour après jour, les piles finissaient par monter à des hauteurs incroyables, ou bien elles prenaient « du pied », s'étalaient en de véritables murets, remplissaient les chaises, s'amoncelaient dans des meubles et des tiroirs que l'on ne pouvait plus fermer. Les arrivages les plus récents s'empilaient provisoirement sur le dessus du meuble télé dont l'écran, privé de son, était allumé en permanence. En fait, l'ordre ne régnait que sur les murs blancs. Là était le musée de Bassot. Mises sous verre et parfaitement espacées, une vingtaine de « une » des grands canards d'avant-guerre s'exposaient aux regards des visiteurs. Il y avait *Le Matin*, *Le Temps* ou l'*Intran*, mais c'est *Paris-Soir* qui fascinait le jeune Forman, avec sa photo aérienne géante, dévorante, centrée sur le cadavre du paquebot *Paris*, qui gisait sur le flanc, entre le *Normand* et le *Champlain*, dans un bassin du Havre. C'était le *Paris-Soir* du 20 avril 1939, celui de Pierre Lazareff et d'Hervé Mille. En pied de « une », Forman avait découvert les signatures de Kessel, Sauerwein et Pottecher...

— Serait-ce trop abuser que de vous demander si vous comptez vous mettre au boulot avant la tombée de la nuit ? Je vous signale que tous vos copains sont depuis longtemps sur le tas.

Le dernier était parti cinq minutes auparavant.

— J'ai eu une panne d'oreiller, avoua franchement le stagiaire. Je suis resté au marbre cette nuit et...

— Ce n'est pas une raison, mon vieux.

Bassot pensait le contraire de ce qu'il disait. Mathieu Forman était de loin le plus doué de tous les stagiaires qu'il avait vus défiler depuis une dizaine d'années. Il était arrivé début juillet, apprenait vite, n'attendait pas que l'info lui tombe sur le paletot et prenait des initiatives. Ses papiers étaient bons et avaient du style. Au point d'épater fréquemment un rédacteur en chef effondré devant la pauvreté des comptes rendus qui échouaient sur son bureau. Ce petit Forman était largement au-dessus du lot. De plus, il se passionnait pour le métier. Robert Bassot savait qu'il passait la plupart de ses soirées au marbre, qu'il s'intéressait à tous les stades de la fabrication du canard. C'était devenu de plus en plus rare.

... Et les gars de l'atelier m'ont embarqué après le boulot, poursuivit le stagiaire. Je me suis fait piéger...

— Evidemment, eux, ils s'en foutent, ils ne commencent pas avant cinq heures de l'après-midi.

Bassot esquissa un sourire indulgent. C'était encore un bon point pour le jeunot. Si les ouvriers de nuit l'acceptaient ainsi avec eux, c'est qu'ils le sentaient bien. Le vieux journaliste laissa monter en lui une bouffée de nostalgie. Ça lui rappelait quelques souvenirs. Encore que le marbre, ce n'était plus qu'une formule... Aujourd'hui, l'atelier ressemblait à un laboratoire pharmaceutique. Il n'y avait plus de typos, plus de linos, on n'y respirait plus l'odeur enivrante de l'encre et du plomb. Les ouvriers étaient en blouse blanche, avaient les mains propres, et, sur les pupitres de verre éclairés, ils ne charcutaient plus que du papier avec leurs cutters...

— Vous avez quelque chose en route, tout de suite ?

— Non, oui... enfin rien d'urgent.

— Bon, j'ai une série pour vous, Mathieu...

— Oui...

— J'aimerais bien que vous fassiez une série magazine, des portraits de gens connus dans la ville. Un truc un peu décontracté, vous voyez ? Savoir ce qu'ils ont comme loisirs, ce qu'ils font de leurs vacances, si ça les emmerde ou s'ils n'attendent que ça... enfin le genre de conneries qu'on a envie de lire en ce moment.

— OK, mais je ne connais pas grand monde...

— Je m'en doute, mais je vais vous donner une petite liste. Vous piocherez dedans. D'ailleurs, il y en a sûrement qui ne sont pas là...

Robert Bassot feignit de réfléchir durant quelques secondes, puis, comme s'il était traversé par une idée lumineuse, inscrivit un nom sur une feuille de papier.

— Tenez ! Commencez par Magret... je veux dire par le commissaire Jules Correto. Lui, vous allez le trouver. C'est un vieux copain, le plus ancien flic du coin. Il doit tirer sa dernière année. Vous lui téléphonez de ma part. Asseyez-vous, Forman... (Il surprit le regard du garçon qui s'égarait sur son capharnaüm)... Où vous pouvez. Je vais vous expliquer un peu le bonhomme...

3

Henri Borel sentait que son équipe commençait à fatiguer. L'inspection des conteneurs s'enchaînait moins bien, les hommes se donnaient trop de temps mort, n'étaient plus aussi concentrés sur leur boulot. Leurs gestes étaient moins précis et ils passaient de caisse en caisse sans penser réellement à ce qu'ils faisaient.

Lui-même n'était plus très frais. Il devait être fou pour avoir accepté ce travail. Plus d'une centaine de conteneurs dans la nuit ! En temps ordinaire, il fallait deux à trois jours, et sans chômer. Là, on frôlait les travaux forcés.

Le patron de la CPS avait pourtant consenti. A la demande pressante des autorités du port. Le client était roi, et le client en question commençait à en avoir assez d'être pris pour un pigeon. La compagnie Canada-Maritime semblait en effet avoir les faveurs des clandestins roumains. Plus que les Etats-Unis, le Canada avait su mettre en place des structures d'accueil humainement adéquates pour ces pestiférés du vieux monde. Et les veinards qui étaient passés de l'autre côté avaient refilé le tuyau. Mieux valait Montréal que New York.

Trente-cinq candidats à l'immigration illégale avaient été ainsi découverts à bord des trois derniers navires alors qu'ils voguaient en pleine mer. Cela tournait à la colonie... et la « Canmar » avait dû débourser quelque chose comme cinq cent mille francs d'amende pour s'être fait piéger. Ulcérés, les caïds de la compagnie ne se contentaient plus de se plaindre et de payer, mais se permettaient quelques allusions désagréables sur d'autres ports plus sûrs et mieux gardés. De là à comprendre que les Canadiens pouvaient envisager de déserter Le Havre...

Aussi, lorsque la « Canmar » avait exigé que sa prochaine cargaison de conteneurs soit inspectée seulement quelques heures avant le départ du navire, puis surveillée en permanence jusqu'à l'embarquement, tout le monde s'était mis en quatre pour accéder à sa demande. Il y a des preuves de bonne volonté qui valent de l'or...

— Allez, les gars, encore une petite vingtaine et c'est bon...

Henri Borel enleva son gant de manutention, releva la manche de sa parka molletonnée, regarda sa montre. Sept heures moins dix. Le jour s'était levé avec peine, laissant traîner derrière lui une brume qui floconnait sur le terminal du quai de l'Atlantique en une couche compacte, sans la moindre trouée. Le décor avait quelque chose d'irréel. L'univers cotonneux étouffait les sons, gommait les formes, noyait les distances. Alignée en ordre sur le bitume de l'immense parking maritime, l'armada des conteneurs s'engloutissait dans les nimbes et, au-dessus de la molle muraille, de fantomatiques squelettes se dressaient dans le flou. Ils avaient la tête coupée, happée par un brouillard bas et lourd, aussi lisse qu'une plaque de métal. C'étaient les géants, les gratte-ciel du port, les portiques montés sur rail qui attendaient leur proie.

Avant de remettre son gant, Borel enfila soigneusement son bonnet de laine bien en place, jusque sous les oreilles. La nuit avait été plutôt douce, mais dans cette brume humide surgie de la mer, il caillait. Tout à l'heure, il y aurait sans doute un soleil à tout casser. Ces contrastes de température l'affectaient. On n'était pas trop habitué ici...

Il ouvrit sa parka, tira sur sa fermeture Éclair, sortit un paquet de gitanes maïs de sa poche intérieure et prit une cigarette. C'était le deuxième depuis hier soir. Ces saloperies avaient beau se consumer plus vite qu'on ne les fumait, cela faisait beaucoup. Sans trop y croire, il se jura l'abstinence pour le restant de la journée.

— Henri, celui-là me paraît pas clair...

Les hommes entamaient la dernière rangée, auscultaient la boîte qui se trouvait en tête. C'était généralement la plus prisée des clandestins parce que la plus accessible. A moins de prendre tous les risques, d'accepter de passer plusieurs jours enfermés entre quatre parois d'acier — et cela arrivait fréquemment — dans des conditions abominables, ils se planquaient dans le premier conteneur qui se présentait, celui qu'ils pouvaient forcer quelques heures seulement avant le départ.

Henri Borel arriva au pas de course près de l'homme qui venait de l'appeler, s'accroupit à ses côtés.

— T'es sûr, Dédé ?

— Sûr, non, mais regarde...

Borel se pencha au-dessus de la petite boîte bleue. L'aiguille gigotait anormalement, était montée de plusieurs crans sur le cadran. En matière de détection d'occupants indésirables, c'était le dernier cri. On introduisait une seringue reliée à un tube de caoutchouc par de petites ouvertures, à travers les « ouïes » supérieures et inférieures du conteneur, et grâce à l'appareil de contrôle, on repérait toute présence humaine par analyse du gaz carbonique. Ce n'était pas du cent pour cent, mais enfin, c'était tout de même mieux que de travailler au pif, sans la moindre indication. Quoique certains clandestins, informés, eussent trouvé la parade. Ils se calfeutraient, bouchaient les ouvertures avec des sacs-poubelles. Cette découverte avait d'ailleurs quelque peu effaré l'ex-policier. Il en était encore à tester la machine, à l'utiliser en grand secret... et les autres paumés étaient déjà au parfum. C'était la lutte traditionnelle entre le bien et le mal, encore que le mal en question ne fût pas très méchant. Mais cela confirmait aussi que les clandestins roumains n'échouaient pas au Havre en isolés. Qu'ils bénéficiaient obligatoirement de complicités extérieures. La preuve ? Ils ne s'introduisaient plus dans les boîtes métalliques en saccageant les systèmes de fermeture, en faisant péter les vis et les écrous et en faisant sauter les scellés, ce qui se repérait à l'œil nu. Désormais, ils sciaient soigneusement les pattes métalliques qui supportaient les plombs. Puis, une fois qu'ils étaient dans la place, quelqu'un faisait disparaître la coupure grâce à une colle extra-forte ou à un enduit quelconque. Quelqu'un qui ne partait pas, et qui sans doute devait se faire payer pour ce boulot...

On était loin des premiers fuyards qui s'enfouissaient au fond des « open-top », conteneurs simplement bâchés sur le dessus. Avec l'apparition des « dry » entièrement fermés, on avait cru empêcher les vols et décourager les clandestins. Cela n'avait rien changé, bien au contraire. De l'autre côté aussi, le progrès suivait. Le contenu des conteneurs se volatilisait à la tonne. Quant aux séquestrés du désespoir, ils se multipliaient. Maintenant, il y avait des réseaux, des filières, des passeurs... Mais ce n'était pas du ressort de Borel. Il n'était plus dans la police.

— On ouvre, décida-t-il.

Mandaté par les autorités portuaires, le patron de la CPS avait toute latitude pour prendre cette décision. L'expert maritime, un ancien commandant de navire à la retraite, était passé vers minuit, puis était vite reparti goûter la douceur de son lit.

— Encore ! Merde... C'est le huitième qu'on se farcit pour rien, grogna une voix dans le brouillard.

— T'es payé pour ça ! répliqua Borel d'un ton cinglant.

Une nouvelle fois, il regretta d'avoir embauché

le jeune Agostinho. Trop nerveux, trop agressif. De moins en moins fiable et de plus en plus rebelle au fur et à mesure que la nuit avançait. Maintenant, dans les premières lueurs du matin, c'était la mauvaise heure. Les hommes étaient marqués par la lassitude. Pour tenir le coup, ils avaient forcé sur le café, et pour certains d'entre eux, un café copieusement arrosé. Ce devait être le cas d'Agostinho. De toute évidence, il ne s'était pas remis de son coup dur. Vigile dans une grande surface, il avait vu son collègue se faire massacrer à coups de barre de fer par une bande de loubards. Et lui aussi avait dérouillé. C'est par amitié pour un vieux copain que Borel l'avait inclus dans son équipe. Mais il ne lui faisait pas confiance. Manque de sang-froid, surtout quand on tombait sur un clandé. Ça le mettait en rage. Borel avait déjà dû intervenir pour le calmer. Il ne comprenait pas cette hostilité : Ago était lui-même issu d'une famille d'immigrés portugais.

— On va encore se faire chier pour que dalle, marmonna Agostinho.

Borel fit comme s'il n'avait pas entendu :

— Allez-y.

La machine n'avait pas menti. A peine la porte était-elle ouverte que les cinq hommes de la CPS virent sortir la silhouette courbée d'un grand type coiffé d'une casquette fourrée aux oreillettes rabattues. Une fois sur le seuil du conteneur, l'homme se tint très droit, les mains dans les poches, et fixa ceux qui l'avaient découvert sans émotion apparente. Borel était un peu surpris; et, instantanément, se méfia. Ce n'était pas la coutume : depuis qu'il traquait les clandestins, qu'il les arrachait brutalement à leurs rêves, il en avait vu de toutes sortes et de tous calibres. Des vieux, des jeunes, des agités et des résignés. Mais tous avaient un point commun : ils étaient l'image même du malheur. On lisait sur leurs traits ravagés la honte et l'humiliation, on devinait rien qu'à les regarder par quelles épreuves effroyables ils étaient passés. Certains, lorsqu'ils étaient pris, croupissaient depuis trois ou quatre jours et parfois plus dans leur cage hermétiquement fermée. Affamés, emmitouflés dans des fringues pitoyables, les membres engourdis, ils s'extrayaient péniblement de leurs couvertures, clignaient des yeux effarés sous la lumière éblouissante. Ils balbutiaient des mots incompréhensibles qui devaient être autant de suppliques, pleuraient même parfois. Des zombies, venus d'une autre planète...

Pas lui. Un œil non averti n'y aurait sans doute pas pris garde... Mais l'œil de Borel était déformé, aiguisé par des années de pratique. C'était celui d'un ex-flic. Ce clandé n'avait pas la dégaine de l'homme traqué et démoli. Il avait l'air presque intact. Et puis, il était seul. C'était rarissime. Les clandestins tentaient toujours l'aventure à trois ou quatre. Il ne doit pas être depuis longtemps là-dedans, songea Borel.

Il était maintenant pressé d'en finir. Autour de lui, les hommes de l'équipe se décontractaient. Ils ne s'étaient pas crevés pour rien.

— Vous parlez français ? interrogea-t-il pour la forme.

Mine impassible, l'homme ne répondit pas.

— Bon. Je vais appeler la PAF, décida Henri Borel en faisant demi-tour vers la voiture où il avait laissé son portable.

C'était la marche à suivre, la routine. Maintenant qu'il avait trouvé le client, c'était à la Police de l'air et des frontières de le prendre en charge.

Les hurlements le surprirent alors qu'il était à une vingtaine de mètres, penché à l'intérieur de son Audi. Ago ! se dit-il en se relevant. Et tout aussitôt : Celui-là, je vais le virer…

— Espèce de connard, tu vas obéir, oui ? gueulait Agostinho.

Surexcité, il trépignait sur place, s'accrochait aux vêtements du Roumain. Plus grand d'une bonne tête, le clandestin ne décollait pas d'un centimètre, résistait comme si sa vie dépendait de son immobilité. Au comble de l'exaspération, le Français le saisit par une manche et tira de toutes ses forces, mais, d'un simple coup sec donné avec le bras, le Roumain fit lâcher prise à son assaillant. Déséquilibré, Ago trébucha sur ses talons, faillit tomber à terre.

— Enfoiré ! Je vais te montrer, moi !

Fou de rage, le Français se rua à nouveau sur le clandestin et lui lança son poing au visage.

— Ago ! Arrête, t'es malade !

Abasourdis, les autres membres de l'équipe hésitèrent, mirent quelques secondes à réagir. Henri Borel arriva en courant, se précipita sur les deux hommes qui, restés debout, s'empoignaient dans un corps à corps confus.

— Ago ! Merde ! Ago !

Il tenta de les séparer, mais se trouva projeté

dans la bagarre. La suite se joua en une demi-seconde. Enfin remis de leur surprise, deux autres hommes se jetèrent sur le groupe, plus soucieux de punir le Roumain que d'arrêter leur copain. Sous ce nouvel assaut, le clandestin vacilla.

— Arrête tes conneries, bordel ! hurla Borel qui tentait de le neutraliser en s'agrippant à lui au niveau des épaules, mais le Roumain s'arracha à son étreinte, cogna durement contre la tempe d'Agostinho qui lui martelait inlassablement les côtes.

Dans la mêlée, il parvint à libérer son bras gauche, sortit de la poche de son anorak un couteau, un énorme coutelas de chasse à manche de corne et à lame épaisse, un peu courbe, et, de toutes ses forces, de bas en haut, il frappa.

Henri Borel eut soudainement très froid. Malgré la bagarre, les cris et les coups, il se sentait loin de tout ce cirque. Ses jambes lui parurent faibles, si faibles qu'elles ployaient sous son seul poids. Il eut conscience de s'affaisser, tenta de résister et, pour s'encourager, poussa un cri, un cri étouffé. Puis ce fut le silence. Hypnotisés, les hommes de la CPS virent leur patron s'écrouler, face contre terre. Ils lui portèrent secours, s'agenouillèrent à ses côtés, se mirent à le toucher, à le palper, comme s'il ne s'agissait que de le réveiller.

— Oh, Henri, ça va ? murmura bêtement Dédé.

Agostinho suivit la progression du filet de sang qui se glissait sous le corps, forçait le passage, débordait des contours. Il se redressa brusquement, jeta des regards fous aux alentours, puis comme un halluciné, se mit à courir autour du conteneur, se cogna aux parois, hurla d'une voix pleine de sanglots :

— Où il est? Où il est?

Le Roumain avait disparu dans le brouillard.

4

— Alors, comme ça, c'est cette vieille crapule de Bassot qui vous envoie !

— Oui, il a eu l'idée de...

— Je le vois d'ici.

Jules Correto prit ses aises. Depuis l'enfance, depuis les pupitres de l'école, il détestait se sentir serré contre une table. Il appuya ses deux mains sur le tranchant du bureau, repoussa son fauteuil d'un bon mètre et, d'un ton théâtral, commença :

— Il vous a dit : je n'ai plus rien, plus rien à foutre dans ce maudit canard de ce maudit mois d'août puisque tout le monde ne pense qu'à ces maudites vacances ! Il a déboulé dans la rédaction avec une gueule de bouledogue, il a sorti les crocs, a engueulé tout le monde, a distribué le boulot aussi sec...

— C'est à peu près ça, s'amusa Mathieu Forman.

Il était soulagé. Bassot l'avait tellement bassiné avec les bons et les mauvais jours de Jules Correto qu'il était entré impressionné. Mais il était apparemment bien tombé...

— Et quand c'est arrivé à vous, il a dit : tiens, pourquoi pas Jules, le vieux flic ? C'est sa dernière année, s'il est de bon poil et si le petit sait s'y prendre, il a des tas de trucs à raconter ! Ça va me faire de la copie. Hein, pourquoi pas Corretto ? Non... il a dû dire Magret. Il a bien dit Magret, n'est-ce pas ?

— Euh..., hasarda prudemment le stagiaire.

Il ne se souvenait plus très bien. De toute manière, il avait dû rater un épisode. Manquait le *i*. Il y avait Jules, le prénom, les trois bouffardes dégueulasses qui traînaient dans un énorme cendrier de bois exotique qui aurait pu tout aussi bien servir à piler le riz, et puis surtout le personnage. Taillé dans le menhir, façonné dans le granit. N'empêche, manquait le *i*...

— C'est à cause du canard, précisa le commissaire, l'œil rigolard.

— Oui, approuva le stagiaire, complètement perdu.

— Le magret de canard. Mon plat préféré. C'est le coin ici. Vous connaissez ?

— Non, je suis de Troyes...

— Troyes, évidemment...

Corretto fronça les sourcils. Il y avait des bleds qu'il était incapable de localiser sur une carte. Troyes en faisait partie.

— Enfin, c'est là que mes parents ont fini par échouer. Ils sont... Ils étaient tchèques. Ils ont quitté Prague en 68, quand les Russes sont arrivés. Pour mon père, valait mieux, il se serait fait ramasser.

— Qu'est-ce qu'il faisait ?

— Prof de français à l'université.

— Ça a été dur ?

— Pour eux, c'est sûr. Mais ils n'aiment pas trop en parler, maintenant. Et comme je suis né deux ans après...

Vingt-trois ans. Le regard de Correto glissa sur les mèches en broussaille, le teint clair et les yeux bleu azur. Tchèque ou pas, ce garçon avait tout du Viking.

— Eh bien, je vous le conseille. Le magret, c'est...

La démonstration dura cinq bonnes minutes. Au point que Mathieu Forman finit par se demander ce qu'il faisait là. Il tripotait son bloc-notes, vissait et revissait le capuchon de son stylo. Le flic faisait le tour de la région, alignait recettes et restaurants.

— Duclair... ah Duclair ! Vous connaissez ?

Forman n'eut même pas le réflexe de répondre.

— Il n'y a pas au-dessus. C'est le canard des canards ! Au sang bien sûr... mais étouffé, pas saigné...

Le stagiaire eut comme une légère nausée. A huit heures et demie du matin, c'était dur...

— Le caneton est rôti dix-sept minutes. Et les aiguillettes sont présentées saignantes, nappées d'une sauce faite avec le sang, le foie du canard et des échalotes au bordeaux. Retenez l'adresse, mon petit...

Forman cherchait désespérément le nom du plat favori du héros de Simenon. Il ne trouvait pas.

— … L'hôtel de la Poste à Duclair. C'est le long de la Seine, à cinquante, soixante bornes d'ici. Pour mes dix ans de boîte, on a fait une fête là-bas. Votre patron y était. C'est lui, l'esprit tordu, qui a trouvé : Jules Magret ! On a la gloire qu'on peut !

Correto était d'humeur radieuse. Il était tôt et il se sentait en forme. La brume qui enveloppait la ville ne le gênait pas. Au contraire, elle donnait un petit coup de frais pas désagréable. Le flic n'était pas équipé pour les fortes chaleurs, il en avait marre de transpirer dans ses costumes d'automne.

— Bon, alors, qu'est-ce que vous voulez de moi ? interrogea-t-il brusquement.

— Hein ? Comment ? répliqua Forman, complètement désarçonné.

— Eh bien oui… on parle de quoi ?

L'apprenti journaliste reprit ses esprits, remonta sur son cheval. Et l'idée lui tomba dessus au galop :

— Ben voilà, ce qui m'intéresserait, ce serait de faire une série sur les affaires restées mystérieuses, sur les crimes qui n'ont pas été élucidés dans le coin. Depuis une dizaine d'années par exemple…

Le commissaire se rapprocha du bureau en douceur, posa ses deux coudes sur la table et, menton dans le creux de ses mains, contempla pensivement le jeune garçon. Il faut vraiment que je sois de bonne humeur, pensa-t-il.

— Vous êtes plutôt du genre gonflé, vous…

— Pardon ?

— Je dis : vous êtes plutôt du genre gonflé. En

somme, vous me demandez de me filer des coups de pied au cul, de vous raconter les affaires où je me suis planté...

Mathieu Forman se sentit blêmir. Il n'avait pas pensé à ça.

— Non, non, ce n'est pas...

— Et c'est une idée de Bassot ?

— Non, c'est moi qui...

— Ah ! je me disais aussi...

La porte du bureau s'ouvrit avec fracas, laissa apparaître un grand type d'une étonnante maigreur. Il était en chemisette bleue à manches courtes, ce qui ne l'arrangeait pas. Le patron de la police havraise s'arrêta net sur le seuil. Il semblait aux prises avec les pires ennuis.

— Veuillez m'excuser, Correto, vous êtes occupé, mais c'est très important, dit-il d'un ton douloureux, main crispée sur la poignée de porte.

Le chef de la Criminelle n'en doutait pas. Il fallait de graves circonstances pour que son supérieur surgisse ainsi, sans s'annoncer. Ce n'était pas le genre du divisionnaire. Soucieux d'une bonne présentation, Benoît Cardoze était naturellement courtois et affable, aimait se faire comprendre avant de se faire obéir. Toutes ces précautions exaspéraient d'ailleurs un peu Correto qui, mauvaise langue, prétendait que son patron était issu d'une race redoutable, celle des coupeurs de têtes qui vous demandent pardon d'avoir à le faire. Il ne l'aimait guère, comme il n'avait jamais aimé les ambitieux de la carrière qui atterrissaient au Havre avec pour seul objectif d'en sortir au plus vite. C'était la ville casse-gueule par excellence, une cité bancale, naine administrative montée sur échasses démographiques : plus de deux cent mille habitants, un contexte social qui se dégradait et des banlieues à problèmes, là-haut, sur les plateaux. Avec, au cœur de cette métropole portuaire, une sous-préfecture aux allures de maison bourgeoise. Le Havre, c'était aussi le sous-préfet aux champs. Mais sans la campagne, et avec les emmerdements de la grande ville. Partant de ce sommet tordu, le reste ne s'arrangeait pas. A quarante-trois ans, le divisionnaire Benoît Cardoze n'avait droit qu'au rang de commissaire central... mais Correto devait reconnaître qu'il rongeait intelligemment son frein.

— Je peux vous parler ?

— Bien entendu.

Mathieu Forman commença à se lever de son siège, mais le chef de la « Crim » lui fit signe de rester, et suivit le divisionnaire dans le couloir.

— Merde ! C'est pas vrai !

C'était un éclat de voix douloureux, le cri de quelqu'un qui ne veut pas croire à une nouvelle déchirante. Surpris, Forman pencha le buste, distingua, à travers l'espace laissé par la porte entrouverte, la silhouette massive de Correto. Il était de trois quarts dos, se passait sans cesse les doigts dans son épaisse tignasse grisonnante, comme saisi d'un tic convulsif. Forman empoigna sa chaise, la fit avancer d'une cinquantaine de centimètres. Il apercevait maintenant le divisionnaire, légèrement de biais lui aussi, mais côté face. Mains dans les poches, il paraissait embarrassé par ses jambes interminables, grattait le sol avec la pointe de son soulier.

— Vous y allez, Correto ?

— Bien entendu que j'y vais, répliqua le flic d'une voix rauque, minée par l'accablement.

Mathieu Forman se redressa, reprit sa place. Le bœuf en daube… voilà, c'était ça, le petit plat de Mme Maigret. A tout hasard, il le nota sur son carnet.

Le commissaire revint deux ou trois minutes plus tard. Il avait l'air assommé, égaré. Forman le trouva subitement vieilli, mais estima en même temps que ça lui allait bien, que ces traits creusés lui donnaient une belle gueule d'acteur sur le déclin.

— Je suis navré, mon petit, mais on va devoir remettre notre rendez-vous.

Il s'était posté devant le stagiaire. Massif, tout d'une pièce, les deux mains enfoncées dans ses poches. Forman entendit des pas pressés dans le couloir. Un flic poussa la porte avec brusquerie :

— On y va, patron ?

— Ouais, j'arrive, répliqua Correto sans se retourner.

Il avait le regard vague de quelqu'un qui cherche, qui fouille ailleurs.

— Quelque chose de grave est arrivé, commissaire ?

Mathieu Forman s'était levé, bloc-notes et stylo prêts à entrer en action.

— Oui.

— Je peux savoir ce…

— Plus tard, mon vieux, plus tard…

Correto ne l'écoutait pas vraiment, répondait machinalement. Il rafla son imper affalé sur une chaise, s'apprêta à sortir.

— Excusez-moi d'insister, mais qu'est-ce que je dis à M. Bassot, moi ? Qu'il y a une grosse affaire au commissariat, que j'étais là au moment où ça s'est su, et que je suis au courant de rien ? Je vais avoir bonne mine.

Le flic releva la tête. Un pauvre sourire se dessina sur ses lèvres. Bassot connaissait bien Borel. Je vais me faire jeter, c'est sûr, pensa le stagiaire.

— C'est quai de l'Atlantique. Il y a un mort. Un crime.

5

Les filets de brume qui s'effilochaient lentement, le soleil blanc, luisant, qui déchirait l'horizon gris visqueux donnaient un petit côté *Blade Runner* au Terminal de l'Europe. Les boîtes de dix tonnes s'entassaient par dizaines de milliers sur quarante-cinq hectares d'asphalte, formant des blocs compacts, sans ouvertures, parfaitement ordonnés sur un ou deux étages. Traversée de larges artères rectilignes, de boyaux droits comme des crayons et de carrefours parfaitement au carré, c'était une ville mortellement cubique, que sillonnaient seulement les semi-remorques et où dansaient, en lançant leurs lancinants bip-bip, d'étranges mastodontes jaune canari juchés sur de hautes pattes d'acier. Les « cavaliers », avaleurs de conteneurs...

Jules Correto s'impatienta.

— On n'a qu'à rouler le long du canal, on finira bien par tomber dessus, ordonna-t-il à l'inspecteur qui conduisait la voiture.

Le commissaire était perdu. Il lui semblait qu'il n'était pas venu ici depuis des siècles. Dans le temps, le port avait pourtant été son terrain de chasse préféré, mais c'était un port qui collait à la cité, un port à matelots, où il y avait des bistrots pour attendre les bateaux, où l'on ne roulait pas sur des docks déserts, aussi longs, aussi froids que des pistes d'aéroport.

— Déjà que c'est toute une expédition de descendre du plateau, râla-t-il.

Le chauffeur secoua la tête, marqua sa désapprobation.

— Faut pas charrier, patron. On est quand même mieux là-haut que dans nos vieux baraquements.

Correto grogna. Il n'était pas parvenu à se faire au commissariat neuf accroché comme une tour de guet au flanc de la ville haute, là où sévissaient les nouveaux « outlaws », les « apaches » de l'ère nouvelle. C'était moderne et confortable, peinturluré de frais, avec moquette et plantes vertes — « une vraie résidence du troisième âge », avait-il raillé le jour de l'inauguration. On l'avait regardé comme un vieux con... après tout, c'était peut-être ce qu'il était devenu. Et encore, il n'avouait à personne qu'il rôdait parfois du côté de la rue Hilaire-Colombel rien que pour humer le souvenir des anciens locaux vétustes, au plancher pourri et aux murs vermoulus. Le parfum de ce bon vieux « stalag » comme on l'appelait, et de la « pèlerine roulée », le foyer des gardiens de la paix...

— On y est, annonça triomphalement l'inspecteur en désignant du doigt un rassemblement de voitures chapeauté par l'éclat électrique des gyrophares. Et apparemment, on n'est pas les premiers.

Correto haussa les épaules.

— Evidemment, qu'est-ce que tu crois ! On n'est pas chez nous ici, tout juste invités...

Jules Correto avança lentement vers l'attroupement, croisa un ancien de la Criminelle passé au Service opérationnel spécialisé qui s'apprêtait à repartir.

— C'est Borel, dit-il sur un ton de condoléances.

— Je sais. Mais qu'est-ce que tu fous là ?

Le SOS, c'était pour les morts suspectes, les cadavres pas nets.

— On m'a dit de venir, répliqua le flic avec un geste d'impuissance. Mais je ne sers à rien.

De loin, le commissaire reconnut le procureur de la République, à son curieux chapeau de bourgeois. Un feutre noir, arrondi à l'ancienne mode qu'il portait toujours très droit sur le crâne. Il se tenait un peu à l'écart, conversait avec un jeune type à lunettes en blazer croisé bleu marine. Parmi les autres civils, le commissaire reconnut le gratin de la Police de l'air et des frontières. Il y avait aussi un festival d'uniformes, ceux des douaniers et des flics du port qui discutaient dur, qui étaient chez eux, et qui n'avaient pourtant rien à foutre ici... Correto n'était pas pressé, redoutait d'avoir à affronter les premières vraies minutes où il allait devoir se faire à cette idée : Henri assassiné.

— Ah, commissaire, bonjour, le divisionnaire m'a prévenu...

Le procureur avait le contact cordial. Il s'entendait bien avec Cardoze. Logique, ils maniaient tous deux la hache avec la même civilité. Mais chez l'homme jeune au blazer bleu, l'accueil fut un peu plus forcé.

— Jean-Pierre Moursault, annonça-t-il en tendant une main sèche et nerveuse.

Le nouveau patron de la Police de l'air et des frontières. Sur place depuis cinq mois à peu près, Jules Correto était en vacances au moment des présentations officielles et ne l'avait jamais rencontré depuis. Par contre, il en avait entendu parler comme d'un flic brillant, à l'avenir prometteur et aux idées bétonnées. Rien qu'au premier coup d'œil, on devinait qu'il avait aiguisé ses canines, histoire de dégager la route.

— Correto, Brigade criminelle, répliqua sobrement le commissaire.

Il chercha machinalement le corps de la victime, dut se contenter d'une silhouette qu'il avait déjà vue mille fois dessinée à la craie sur le sol. Ce pouvait être le souvenir de n'importe quel cadavre. Mais c'était Henri. Il devait être dans l'ambulance qui stationnait encore à une dizaine de mètres, portes fermées.

En quelques mots froids, le flic de l'Air et des frontières synthétisa les premiers éléments recueillis auprès de l'équipe de la CPS. Il ne semblait pouvoir s'exprimer qu'en s'agitant, qu'en piétinant le sol comme pour une vendange imaginaire. Sa main relevait sans cesse une longue mèche brune qui pendait, s'insérait entre les sourcils et sa monture de lunettes, et, dès qu'il parlait, ses lèvres minces prenaient du relief.

Tout était venu, expliquait-il, d'une bagarre entre un clandestin roumain découvert dans le conteneur et l'un des hommes de Borel.

— Un dénommé Agostinho, précisa Moursault en se tournant vers un groupe d'hommes alignés. Le troisième en partant de la gauche, le plus petit, c'est lui...

— Et on est sûr que c'est un Roumain ?

— Pour les hommes de Borel, ça ne fait aucun doute...

— Ils ont discuté avec lui ?

— Non, mais ils ont l'œil, croyez-moi. Et puis, il y a tout ce qu'il a laissé dans le conteneur. C'est du Roumain à coup sûr. De toute manière, c'était un Blanc : donc forcément un Roumain. Il n'y a qu'eux actuellement. Je vous expliquerai.

Il avait le ton condescendant du spécialiste qui connaît son affaire et se voit obliger de réciter le b. a. ba du métier pour se faire comprendre. Jules Correto apprécia modérément. Déjà qu'il avait l'impression d'être une pièce rapportée, si en plus l'autre jouait à l'expert...

— Donc, poursuivit le policier de la PAF, Borel s'en mêle et tente de séparer les deux hommes. L'individu sort un couteau, Borel est mortellement frappé et tombe à terre. L'individu profite de la panique et s'enfuit. Voilà.

Correto observa les quatre hommes. Ils étaient toujours alignés, sombres et silencieux. De vraies têtes pour fiches anthropométriques.

— Et les autres ne l'ont pas empêché de se tirer ?

— Ils ont d'abord pensé à Borel. Ils étaient complètement abasourdis.

Ce Moursault parlait bien.

— Commissaire ! Téléphone.

Appelé par l'un de ses hommes, le patron de la Police de l'air et des frontières se dirigea à grandes enjambées vers sa voiture. Resté seul avec le procureur, Correto jeta un coup d'œil circulaire sur les lieux du drame, jugea que la tension et la fébrilité qui avaient dû être celles des premiers instants avaient comme d'habitude laissé place à une assommante routine professionnelle. Chacun se dépêchait d'en terminer avec son boulot. Le tam-tam des rumeurs avait fonctionné à plein sur le terminal, et les dockers affluaient par paquets, s'infiltraient entre les conteneurs, rendaient inutiles les efforts de trois ou quatre motards de la police qui s'efforçaient de les disperser. Il n'y avait pas moyen de canaliser ou de coincer les curieux sur un tel espace. L'une des portes arrière de l'ambulance s'ouvrit et un type obèse, joufflu jusqu'aux oreilles, en sortit avec difficulté. C'était « Gros Doc », le médecin légiste, un vieux de la vieille comme lui.

— C'est Borel, lança-t-il de loin à l'adresse du commissaire.

Il était essoufflé, semblait devoir soulever une charge énorme à chaque pas.

— Je sais, répondit abruptement Correto.

— Premières conclusions ? interrogea le procureur Berton.

— Mort instantanée ou presque. La lame a dû trancher net l'aorte. Le malheur a voulu qu'Henr... que la victime ait laissé sa parka ouverte. Elle est intacte. C'est une toile épaisse, avec une doublure fourrée. Avec elle, il aurait pu en réchapper. Les gens ne se figurent pas comme c'est dur de poignarder quelqu'un.

— Et l'arme ? demanda Correto.

— Vu la blessure, et comme ça, au pif, je dirais un grand couteau, style couteau de chasse, avec une lame énorme et crantée. Et il a mis le paquet, le salaud !

— Jules !

Le flic se retourna, rencontra le regard un peu hébété du policier chargé de l'identité judiciaire. Encore une vieille tige... Il le devança :

— Je sais.

— Ça fait tout drôle, dit simplement le photographe. Merde ! ça fait tout drôle.

Il avait l'air sincèrement peiné, s'éloigna en triturant sa grosse sacoche de toile. Correto ressentit brusquement un grand vide. Le cadavre d'Henri reposait là-bas, sur une civière d'ambulance, et cette certitude lui semblait aussi vraie qu'une séquence de cinéma. Un court instant, il ne vit plus rien, n'entendit plus rien, fut pris d'une sorte de vertige.

Le photographe s'arrêta.

— Putain, Jules, s'il y en avait un qui aimait se fendre la gueule !

Il fut sur le point de faire demi-tour, mais comprit que l'heure n'était pas aux souvenirs.

— On en reparlera plus tard, répondit Corretto avec un pâle sourire.

Encore un ou deux comme ça, et il ne ferait plus très bonne figure.

Le commissaire sentit la main du procureur de la République se poser sur son avant-bras.

— Vous étiez très amis, n'est-ce pas ? Cardoze m'a expliqué brièvement... Il m'a dit aussi que vous vouliez suivre l'affaire. Mais vous n'êtes sûrement pas obligé...

Jules Corretto fouilla dans sa mémoire. Quelqu'un lui avait dit un jour que Berton était un homme intelligent, beaucoup plus fin et nuancé que dans ses réquisitoires.

— J'y tiens, affirma le flic d'un ton ferme.

En vérité, il n'en savait trop rien. Tout à l'heure, devant Cardoze, la question ne s'était pas posée. C'était son boulot, et en plus c'était Henri. De foncer ainsi lui avait semblé naturel. Mais, désormais, tout se mélangeait un peu.

Jean-Pierre Moursault revint vers eux en se frottant le haut du crâne avec la paume de la main.

— C'était Bourguoin, confia-t-il au procureur d'un air satisfait. L'Armée du Salut, c'est fait, on en a piqué trois. Il les ramène à Vétillard... Ah, au fait, l'ambulance demande si elle peut y aller ?

Berton se tourna vers Jules Corretto. Le magistrat avait une tête de photo ancienne sous son chapeau noir et droit. On aurait dit un portrait d'ancêtre comme ceux que l'on trouve encore, encadrés en ovale, dans les chambres, à la campagne.

— Vous voulez le voir ?

Le commissaire fit non de la tête, s'avança vers la porte ouverte du conteneur. Accroupi, le bloc posé sur un genou, un policier dressait l'inventaire. Correto se courba, remarqua le matelas pneumatique étendu en travers, une couverture rejetée contre la paroi, et des packs d'eau minérale en pagaille. De quoi tenir des jours et des jours. La bouffe devait être dans le gros sac de marin.

— C'est un quarante-pieds, révéla le flic, tout heureux d'étaler sa science.

— Ah...

— Un vrai petit studio, hein? plaisanta-t-il, mine rigolarde. Ça vous tente?

Jules Correto se retint de l'envoyer paître. Il s'efforçait de comprendre le type qui s'était enfermé là-dedans. Il fallait être au bout du rouleau pour tenter un truc pareil, être désespéré au dernier degré. Au point de tuer? De poignarder le premier qui tentait de vous arrêter? Henri n'avait jamais évoqué ce danger. A l'entendre, les malheureux qu'il sortait des conteneurs étaient amorphes, totalement inoffensifs. Des matraqués de la vie, qui n'en finissaient pas de prendre des coups. « Ils ont touché le fond, disait Henri, on a l'impression qu'on les collerait contre un mur pour les fusiller qu'ils ne bougeraient pas plus. »

Celui-ci ne devait pas ressembler aux autres.

— Bon, je crois qu'on n'a plus rien à faire ici. Ce que je vous propose, c'est de venir avec moi à Vétillard. On va mettre tout ça à plat. Qu'est-ce que vous en dites?

Moursault était en pleine forme, remonté à

cent mille volts. C'était son premier crime de clandestin, et il n'avait visiblement pas l'intention de le laisser pourrir trop longtemps.

— D'accord.

— Venez dans ma bagnole. Je vous ferai raccompagner.

Ils allèrent saluer le procureur de la République qui était également sur le point de quitter les lieux.

— Ce sera sans doute le juge Jean-Baptiste Roulland qui prendra l'affaire, prévint le magistrat.

— Ah, tant mieux, approuva le commissaire de la PAF, il connaît bien nos dossiers.

Jules Correto se sentait toujours aussi néophyte. Il monta dans la Safrane de Moursault, repéra à une vingtaine de mètres le jeune Mathieu Forman qui tentait de convaincre un policier en uniforme de le laisser approcher. Sans carte de presse, il avait peu de chances de passer. Jules Correto fut sur le point d'intervenir en faveur du journaliste stagiaire, mais se rendit compte qu'il se débrouillait très bien sans lui. L'équipe de télévision régionale déboulait sur le terrain et il n'était pas question de lui barrer le chemin. Amusé, le commissaire vit Forman se joindre à la bande trottinante et coller aux basques du preneur de son comme s'il était son frère jumeau. Ce môme avait de la moelle...

6

— Je vous préviens, ce n'est pas le Ritz !

— Je connais...

Jules Correto n'avait que rarement franchi les portes du Commissariat de l'air et des frontières, et ça remontait à loin... mais il conservait le souvenir d'un lieu plutôt sinistre, paumé dans un coin du port, quelque part entre quais et bassins. Sa mémoire était bonne : isolé à l'angle d'un terre-plein, près du sas Vétillard et du pont IV, le petit immeuble de brique rouge, haut d'un étage, ne reflétait pas la joie de vivre...

— Ah, ils sont là !

Amenés depuis l'Armée du Salut où ils avaient trouvé asile, les trois Roumains se laissèrent dévisager sans afficher la moindre réaction. On les sentait concentrés, appliqués à ne rien laisser paraître, à ce qu'aucune peur, aucune révolte ne puisse seulement affleurer. Des athlètes de l'errance et du rejet, formidablement entraînés à l'hostilité. Virés quoi qu'ils fassent, tolérés par miracle. Toute leur lutte consistait à demeurer muets et impassibles, à vouloir se faire oublier là, dans ce hall gris et poussiéreux, aussi accueillant qu'une cage d'escalier…

C'est la première fois que Jules Correto détaillait avec autant d'attention ces indésirables qui avaient fait du Havre leur port de l'espoir. Comme tout le monde, il avait entendu parler de cet exode provoqué par la chute du tyran et, comme tout le monde, il avait vu quelques-uns de ces déracinés traîner en ville. Certains mendiaient, d'autres vendaient des fleurs à la sauvette ou traquaient les petits boulots. Ils dérangeaient, bien entendu, on s'écartait sur leur passage et, à la vue de ces quelques spécimens en déroute, des citoyens apeurés parlaient déjà d'invasion. Correto n'avait pas vraiment d'opinion là-dessus. Ceux qui échouaient au commissariat central, qui se retrouvaient parfois en garde à vue, il n'avait fait que les voir de loin, sans prendre la peine de s'interroger sur leur destin. Avec, dans la tête, sa petite idée toute faite : de pauvres diables bien sûr, mais des emmerdeurs également, des pollueurs de société, dont finalement personne ne voulait.

Ces trois-là lui sautaient aux yeux comme une découverte. Il les trouva jeunes. Un surtout, dont le visage poupin, les traits encore incertains trahissaient une sortie toute récente de l'adolescence. Ils étaient proprement et bien mis, comme on disait jadis… mais c'était la propreté du pauvre, celui qui bénéficie de la charité d'autrui, qui enfile des fringues cédées par d'autres. Une veste trop longue, un pantalon trop court, ou un pull élimé qui depuis longtemps a fait son temps sur le dos des honnêtes gens.

Le commissaire de la PAF les passa en revue.

— Est-ce que l'un d'entre vous parle français ? interrogea-t-il.

La question les fit bouger. Ils se regardèrent en silence, avec la mimique du bidasse qui se demande s'il doit avouer qu'il a son bac de peur d'avoir les chiottes à lessiver. Avant qu'ils aient pu se décider, un jeune inspecteur rougeaud et échevelé sortit d'un bureau et répondit à leur place :

— Il y en a un, celui du milieu, qui se débrouille pas mal. Les autres baragouinent aussi un peu.

C'était l'inspecteur Bourguoin, celui qui les avait embarqués.

— Bien, dit Moursault en arpentant le hall à grands pas.

— Bien entendu, aucune chance de voir notre homme là-dedans ?

— Aucune, commissaire. Ils étaient à l'Armée du Salut et ce ne sont pas les témoins qui manquent.

— Il faudra tout de même que les hommes de la CPS les voient...

— Andrieux s'en occupe.

— Parfait. Et je suppose que leurs papiers sont en règle ?

— Oui.

— Visa de tourisme valable trois mois, évidemment ?

— Evidemment, confirma l'adjoint en écartant les bras dans un geste d'impuissance.

Ce qui fit déborder encore un peu plus sa chemise du pantalon. Il était étonnamment court sur pattes.

— Et ils sont là depuis combien de temps ?

— Une douzaine de jours d'après le major de l'Armée du Salut.

— Voyez un peu la tête des touristes, se lamenta Jean-Pierre Moursault. (Il se planta face à l'inspecteur Bourguoin.) Il n'y en a pas d'autres ?

— Si. Encore trois. Ils étaient en ville, partis faire des courses ou quelque chose comme ça, mais le major affirme qu'ils sont en règle, eux aussi…

— Le major, il s'en fout des papiers, vous me les ramenez…

— Andrieux s'en occupe… Il faut aller voir au foyer de la Lanterne…

Le visage de Moursault se rembrunit comme à l'annonce d'une sombre corvée :

— Ah, c'est vrai ! On va tomber sur l'autre gueulard, il va nous faire son cirque.

— Compte tenu des circonstances, plaida Bourguoin sur un ton d'excuse, je pense qu'il se montrera compréhensif.

— Tu parles ! On dirait que vous ne le connaissez pas…

Et, s'adressant au chef de la Criminelle :

— Fred… euh… comment déjà ?

— Palewski, compléta Bourguoin.

— Oui, c'est ça. Le patron de la Lanterne. Un Polonais. Enfin, d'origine. Vous connaissez ?

— De réputation. Mais je n'ai jamais eu affaire à lui.

— Je ne vous le souhaite pas. Un cas. Dès qu'il aperçoit l'ombre d'un flic, il est en transe... Et puis, Bourguoin, reprit le flic, il y a ceux qui sont dans la nature... ils poussent comme des champignons ici. Ils arrivent, ils repartent, on ne sait pas ce qu'ils foutent, où ils vont, comment ils vivent... et puis, faut bien dire que tout le monde s'en fout !

Jules Correto sentit un voile d'amertume dans le propos.

— Faut tâcher de leur mettre la main dessus. Je dirais même que ce sont ceux-là qu'il nous faut d'abord, mais évidemment, c'est une autre histoire...

— Andrieux s'en oc...

— OK, coupa le commissaire de la PAF. Donc, vous ne commencez pas avant que l'interprète arrive. Si le meurtrier était ici depuis plusieurs jours, ils le connaissent sûrement. En tous les cas, ils l'ont vu, forcément. Ces types-là fréquentent les mêmes coins.

— Peut-être pas l'assassin de Borel, avança Jules Correto.

Il était incapable de dire pourquoi, mais c'était une idée qui bourdonnait dans sa tête.

— Ah, Bourguoin ! s'exclama Moursault sans relever la contradiction, j'ai oublié de vous présenter : commissaire Correto, chef de la Criminelle, il va travailler avec nous...

Son regard désapprobateur se fixa sur le nombril de l'inspecteur rondouillard aux jambes courtes. Deux boutons avaient sauté, sa chemise s'était ouverte et pendait par-dessus la ceinture comme une tunique hawaïenne :

— Et puis, je vous en prie, mon vieux, arrangez-vous un peu ! On dirait que vous sortez d'une partouze !

Correto faillit éclater de rire. Dans sa bouche, ce mot résonnait comme un sacrilège.

— Venez, commissaire, on va dans mon bureau.

— Pourquoi attendre l'interprète, suggéra le chef de la Criminelle, s'ils parlent français, on peut peut-être commencer...

Jean-Pierre Moursault montait déjà l'escalier quatre à quatre. De loin, tandis qu'il suivait tranquillement, à son rythme, Correto l'entendit qui riait de bon cœur :

— Ces types, ils sont peut-être doués pour les langues, mais ce sont des malins. Dès que ça les arrange, ils préfèrent nous faire croire qu'ils ne comprennent rien...

Correto parvint sur le palier juste assez tôt pour le voir disparaître par la porte du fond.

Ce flic était une véritable tornade.

7

Le premier étage n'était pas plus brillant que le rez-de-chaussée. Depuis le couloir qui le conduisait au QG de Moursault et par l'embrasure des portes laissées grandes ouvertes, Jules Correto eut vue sur quelques pièces exiguës et incroyablement encombrées. Les policiers de la PAF travaillaient dans la maison des sept nains, et le bureau de leur patron, qui se situait à l'extrémité du bâtiment, ne déparait pas. C'était un réduit minable, un repaire de clerc de notaire balzacien où s'entassaient des monceaux de dossiers. Ce triste décor atténua le jugement peu amène que Correto commençait à porter sur son collègue. Sans doute rêvait-il d'une moquette de laine et d'un avenir plus radieux mais, à de multiples détails, ce repaire portait la marque d'un flic qui se démenait.

Le chef de la Criminelle déboutonna son imper et, une fois assis sur une chaise bancale, sortit de sa poche sa bouffarde de campagne, celle qu'il ne fumait qu'à l'extérieur, qui ne reposait jamais sur son bureau :

— Je peux ?
— Bien entendu... Vous savez, cette affaire est très surprenante.
Jean-Pierre Moursault avait l'air plongé dans ses pensées, comme s'il avait subitement laissé son costume de flic frénétique à la porte du bureau :
— A aucun moment, depuis qu'on ramasse des clandestins, on n'a pensé un seul instant qu'ils pouvaient être dangereux. Ils ne tentent jamais de se rebeller, ils se laissent faire, et là...
Jules Corretto alluma sa pipe, aspira à petits coups saccadés, le regarda en dessous, à travers les volutes de fumée bleutée :
— C'est ce que m'avait dit l'ex-inspecteur divisionnaire Borel.
Il avait sciemment insisté sur la fonction.
— C'est vrai, vous le connaissiez bien...
— Plus que ça.
— Vous avez travaillé ensemble, je crois...
— Entre autres...
— Il avait raison, enchaîna le responsable de la PAF sans relever l'allusion. Quand on leur tombe dessus, ils sont au trente-sixième dessous. Ils jouent, si j'ose dire, leur vie à la roulette russe (il eut un sourire navré), et quand ils perdent, ce sont de vrais perdants. Ce qui ne les empêche pas de tenter à nouveau leur chance dès qu'ils le peuvent.
— Parce qu'ils remettent ça !
— Mon pauvre ami, ils n'arrêtent pas. Ce sont des entêtés de l'espoir...
— Mais on peut imaginer un coup de folie, se hasarda Corretto, le coup de sang du mec qui n'en

peut plus, qui pète les plombs. De se retrouver enfermé dans un cercueil de quarante pieds (il était content de resservir son savoir tout neuf), il y a de quoi vous chambouler. En plus, si j'ai bien compris, il y a eu bagarre. Il a très bien pu paniquer...

— Pourquoi pas ? C'est une explication qui en vaut une autre...

A son expression, Jules Correto comprit qu'il n'y croyait pas.

— ... Seulement, d'après les premiers témoignages des hommes de Borel, le clandestin n'avait pas du tout l'air effrayé, ni même abattu, bien au contraire. C'est ça qui me chiffonne un peu.

— Un dur, quoi !

Moursault se saisit d'un long coupe-papier doré, le coinça entre ses deux paumes, et le maintint à l'horizontale, à hauteur du front :

— Si vous voulez. Ce type n'a pas tout de suite tenté de fuir. Je le répète, il ne s'est pas affolé d'emblée. Evidemment, il y a eu cette bagarre... mais il devait savoir qu'il courait un danger en se faisant arrêter.

— Plus que les autres ?

— C'était sans doute un vrai clandestin, je veux dire un illégal qui n'avait pas ses papiers en règle, contrairement à la plupart des autres... sans doute était-il aussi un récidiviste, peut-être même un multirécidiviste...

— Qu'est-ce qu'il risquait ? D'être déféré au parquet et de se voir condamné à être reconduit à la frontière la plus proche ! Celle qu'il avait franchie en dernier.

— C'est cela... (Le commissaire de la PAF fit claquer son coupe-papier sur son bureau.) En tous les cas, il faut le trouver ce salopard, et vite, avant qu'il ne fasse d'autres conneries. Il est embarqué dans une sale affaire, il le sait, et ce doit être le genre à penser qu'il n'a plus rien à perdre...

— Ce ne devrait pas être trop difficile. Il doit être complètement paumé.

Jules Correto était sincère. Il ne voyait pas comment ce meurtrier pouvait s'en sortir. Sans papiers, sans protection, sans planque, sans doute fauché. Seul dans une ville étrangère. Tous les atouts étaient de leur côté.

Le spécialiste se moqua. Avec un poil de dédain dans la forme. Il était toujours aussi calme, mais ses lèvres reprirent leur mobilité, s'arrondirent comme pour se coller à l'embouchure d'une trompette :

— C'est l'erreur à ne pas commettre, mon cher. Vous vous imaginez peut-être qu'ils viennent avec leur balluchon sur l'épaule, en faisant du stop, qu'ils demandent la route du port aux passants et qu'ils se planquent au hasard dans le premier conteneur venu...

— Evidemment pas, protesta Correto, piqué au vif.

Moursault se saisit à nouveau de son coupe-papier doré et le fit tournoyer.

— Le mieux, c'est que je vous fasse un petit topo... (Il s'interrompit, lança un coup d'œil interrogateur à son interlocuteur.) Si cela vous dit...

— Allez-y, répliqua sèchement l'autre policier.

L'explication dura une bonne demi-heure. Pleine, intense, et claire. S'il mettait de côté les « mon pauvre ami » et « mon cher » qui lui hérissaient le poil, Jules Correto dut admettre que son homologue jouait franc jeu : on lui avait filé un flic de la Criminelle dans les pattes et il n'avait pas dû apprécier outre mesure le renfort. Il ne lui jetait pas la pierre. Au cours de sa carrière, à chaque fois qu'il avait vu les envahisseurs de la Police judiciaire de Rouen descendre sur Le Havre pour traiter en collaboration, autrement dit pour lui souffler une affaire importante, Correto avait carrément fait la gueule. Surtout que les seigneurs de la SRPJ ne faisaient généralement pas dans le menuet. Jean-Pierre Moursault aurait pu être dans le même état d'esprit. Peut-être l'était-il, d'ailleurs. La Police de l'air et des frontières, plus encore que les autres services, avait toujours aimé travailler en solo. Mais les directives du ministère de l'Intérieur concernant l'immigration clandestine avaient obligé la PAF à ouvrir également ses frontières et à entrer un peu plus dans le giron policier communautaire. Cela ne se faisait pas toujours à bras ouverts, mais Moursault avait l'élégance de n'en rien laisser paraître.

De toute façon, Jules Correto n'était pas l'ignare, le béotien intégral que l'autre avait l'air d'imaginer : il y avait plus de vingt ans qu'il traînait son insigne dans cette ville qui était d'abord un grand port. Avec ou sans conteneurs, il y avait toujours eu des bateaux, et toujours de pauvres bougres qui tentaient de s'y faufiler en douce.

Avant les Roumains, il y avait eu les Africains. On en trouvait d'ailleurs toujours de temps à autre qui erraient sur les quais. Comme quoi ils n'étaient ni rancuniers ni superstitieux, puisque Le Havre bénéficiait avec Nantes de l'infâme privilège d'avoir été au XVIIIe siècle le plus grand port français de la traite des Noirs…

Mais ce que racontait patiemment Jean-Pierre Moursault dépassait de fort loin les connaissances du chef de la Brigade criminelle. A l'entendre, il existait bel et bien une « filière roumaine » organisée qui avait fait du Havre son port d'embarquement pour le Canada. Ce réseau prenait naissance dans les camps de réfugiés de l'Est implantés en Allemagne. C'est là que les passeurs faisaient leur marché, qu'ils prenaient contact avec les candidats au grand départ, lesquels devaient débourser des sommes allant de cinq mille à dix mille francs pour s'engager dans l'aventure.

— Au début, précisa Jean-Pierre Moursault, ils disposent d'un gros avantage. La plupart d'entre eux sont administrativement propres : leurs papiers d'identité sont en règle et ils disposent d'un visa touristique. Ils passent la frontière franco-allemande ou choisissent les Pays-Bas ou la Belgique. C'est un circuit logique : Rotterdam et Anvers offrent les mêmes débouchés que Le Havre. Ce qui l'est moins, par contre, c'est de les voir arriver d'Espagne. Une nouvelle filière peut-être… Quoi qu'il en soit, le grand point de rassemblement, c'est Paris. Je peux vous révéler leur lieu de rendez-vous. Sans doute à proximité de l'église orthodoxe roumaine, au 9 de la rue Jean-de-Beauvais, dans le Ve. C'est là que les choses deviennent sérieuses...

— Et personne n'intervient ?

— Qu'est-ce que vous voulez faire ? Ils ne se baladent pas avec une pancarte. Quant à l'intérieur de l'église, vous pouvez toujours vous brosser. Propriété de l'Etat roumain, mon cher...

— Et comment voyagent-ils, tous ces gens-là ?

— Comme tout le monde. Par le train ou en voiture. Pas en avion, c'est trop cher. Les plus fauchés se débrouillent, se planquent dans les convois de marchandises. Ils parviennent à se dissimuler dans les faux plafonds des compartiments, en enlevant les plaques d'isorel !

— Destination Le Havre, je suppose ?

Correto tentait de rallumer sa pipe. Mais son tabac était complètement grillé. Il chercha en vain un cendrier. Moursault ne fumait évidemment pas, c'était dans la ligne. Il devait faire gaffe à ce qu'il bouffait, se rationner dur sur l'alcool et jogger en forêt de Montgeon le matin à l'aube...

— Destination Le Havre. Où ils sont attendus, où sont prévus le gîte, le couvert et tous les renseignements nécessaires à l'embarquement.

— A ce point-là ?

— A ce point-là. Il y a un réseau. Et c'est ce réseau qui les prend alors en charge. Il faut prévoir les problèmes d'intendance, l'attente dans le conteneur sur le quai, plus les sept jours de traversée. Il y a la flotte, les provisions, les couvertures, sans oublier les sacs plastique pour les besoins naturels...

Jules Correto grimaça :

— Ce doit être l'horreur…

— Ils sont prêts à tout. On a tout vu ici : certains restent plus d'une semaine dans un conteneur avant d'être découverts, d'autres se jettent dans l'eau glaciale, accrochés à une chambre à air, et tentent de grimper dans le navire par les aussières… s'ils le pouvaient, ils feraient comme les boat people et se lanceraient dans la traversée de l'Atlantique.

— Mais cette organisation, vous avez une petite idée tout de même… Quand vous les piquez, vous les interrogez…

— Rien. Il n'y a rien à en tirer. Ils ne vont pas scier leur seule planche de salut. Et s'ils sont en règle, ils sont relâchés. Par contre, s'ils sont récidivistes… vous connaissez la musique : à la frontière.

— Mais où couchent-ils par exemple, ces Roumains, à l'Armée du Salut ?

Jean-Pierre Moursault eut un geste évasif :

— A l'Armée du Salut, ça arrive, vous l'avez vu… le major est là pour accueillir tous les déshérités, Roumains compris. C'est vrai qu'après le départ de quelques pensionnaires, on a trouvé dans les chambres des plans du port, avec tous les détails pour trouver le bon conteneur prévu, avec les horaires, des schémas et des explications pour l'embarquement clandestin… le tout rédigé en français.

— Ce qui signifie que, parmi les membres du réseau, se trouvent des gens qui travaillent sur le port. Il n'y a que là qu'on peut avoir tous ces tuyaux.

— C'est une certitude. De toute évidence, ce sont bien des complices qui referment les conteneurs sur les clandestins et qui masquent les effractions commises.

— Et les autres, insista Jules Correto qui poursuivait son idée, ceux qui ne font pas étape à l'Armée du Salut, à la Lanterne ou dans d'autres foyers : où se réfugient-ils ?

— Ah ça ! On peut tout imaginer. Il y a sûrement d'autres relais. Chez des particuliers, pourquoi pas ?... Ce qui m'a frappé lorsque je suis arrivé ici, c'est l'existence d'une forte colonie roumaine, des gens implantés, je veux dire. Et puis, il y a une association aussi, les Amitiés franco-roumaines...

— C'est encore debout, ce truc-là ! s'étonna le flic de la Criminelle.

— Oui... on me dit que ce n'est plus comme avant. Il paraît que ça marchait fort au temps de Ceaucescu. Il y avait des échanges, des jumelages, des voyages organisés. Evidemment, depuis qu'il s'est cassé la gueule, les troubadours du paradis communiste roumain l'ont mis en veilleuse...

— Et vous êtes allés fouiner de leur côté ?

Moursault haussa les épaules :

— Ouais. On a fait ce qu'on a pu... mais on est reçus comme des gestapistes. Quand on voit les conneries qu'ils ont pu défendre, vraiment, il y a de quoi se l'attraper et se la mordre...

— N'en faites rien, rigola Correto qui remarquait que le langage de Moursault était de moins en moins châtié, c'est trop douloureux, et puis il y a des choses qu'on regrette toute sa vie…

Le patron de l'Air et des frontières ne se dérida pas, brassa l'air d'un brusque geste de la main droite.

— Enfin, je renonce à comprendre… Ou alors, reprit-il, ils squattent par petits groupes dans des immeubles en ruine. Dans les vieux quartiers ouvriers du Havre, à proximité du port, ça ne manque pas… C'est peut-être là-dedans qu'il se planque notre bonhomme. Il va falloir ratisser large, et commencer par l'environnement immédiat des terminaux à conteneurs. L'été, ils peuvent dormir et se cacher partout, y compris dans la zone industrielle et portuaire, et ça fait quelques centaines d'hectares…

— Si je comprends bien, ce n'est qu'une fois dans les conteneurs que vos gus se font piquer.

Moursault ôta ses lunettes, les posa sur le bureau, et des deux mains releva sa mèche, lissa ses cheveux en arrière.

— Vous avez tout compris ! Ce n'est qu'à partir de ce moment-là qu'ils deviennent clandestins.

Jules Correto était vaguement irrité. Il était peut-être content de son exposé, Moursault, n'empêche qu'il était en culottes courtes. Il connaissait la filière, mais, une fois sur le terrain, tout le monde s'évaporait dans la nature.

— En fait, attaqua-t-il, vous vous contentez d'arrêter les malchanceux. Enfin, quand je dis vous, c'était Borel le plus souvent… Les autres, ceux qui tirent les ficelles et ramassent le pognon, ils sont bien au chaud.

Le commissaire avait blêmi. Il réajusta avec minutie ses lunettes, et ses lèvres s'amincirent en un fin couperet. Il prit le parti du cynisme...

— Et encore, vous ne comptez pas ceux qui passent au travers. Vu le nombre de types qu'on ramasse, il doit y en avoir un paquet qui arrivent de l'autre côté. C'est comme pour la drogue : si les saisies sont en augmentation, le trafic aussi... et vu ce qu'on pique un peu partout en ce moment, ça doit marcher très fort. Mais, mais... (Moursault leva la main comme pour prêter serment) évidemment, la mort de Borel change les données du problème. C'est comme pour vous...

— Pour moi ?

— Bah oui..., poursuivit le commissaire de la PAF d'une voix suave, vous n'arrêtez pas les gens avant qu'ils ne commettent un crime, n'est-ce pas ?

C'était la réponse.

— Je ne vois pas le rapport, s'énerva Correto.

— Non ? Eh bien, je vais vous le dire...

La sonnerie retentit, interrompant brusquement le round. Le commissaire de la Brigade criminelle en fut soulagé. Cette conversation tournait à l'aigre, risquait de mal se terminer, et c'était complètement stupide. Il s'en voulut d'avoir ouvert les hostilités, d'autant que Moursault était sans doute un bon flic, qui ne méritait pas des reproches aussi ringards. Mais ce qu'il pressentait tout à l'heure en observant ces trois Roumains serrés sur un banc crasseux lui apparaissait comme une éclatante évidence : ce n'était pas son gibier, pas plus que les petits loubards merdeux qui foutaient le feu aux pneus dans les banlieues ou les pépés allumés qui jouaient du « riot-gun » sur des gosses turbulents. Lui, il était entré dans la police pour chasser le truand, le vilain, le méchant. C'était son côté idéaliste, et dans les premières années de carrière, il avait été mal habitué. Car le trafic de drogue que Moursault évoquait tout à l'heure, il s'en était fait une spécialité. C'est même pour cette raison qu'il s'était retrouvé au Havre dans les années soixante-dix, et qu'il n'en avait plus bougé : pour traquer le trafiquant qui transitait la came par bateau. A l'époque, c'était du gros, de l'international qui passait par la porte Océane, pas du dealer à quelques grammes. Correto se souvenait des machines-outils, des meubles anciens rembourrés à l'héroïne ou de la Buick de l'animateur vedette de la télé aux pare-chocs enneigés, des planques-marathons, des plongées en « sous-marin » et des rafles monstrueuses... Aujourd'hui, les caïds étaient des « born killers » déjantés ou bien des hommes d'affaires véreux traités comme des ministres. Quand ils n'étaient pas les deux. Et sur les quais, on fouillait les grosses caisses pour virer de pauvres clodos qui ne demandaient pas autre chose que de pouvoir travailler et bouffer. Aujourd'hui, dans les cités, les flics devaient d'abord éduquer... Un sourire éclaira le visage fatigué de Jules Correto. Un mot de Borel lui revint en mémoire : « Ils en ont de bonnes ! Educateur, éducateur... on peut aussi demander aux instits de dire la messe ! »

— Il est là ? Enfin... Bon, d'accord, on arrive.

Le commissaire de la Police de l'air et des frontières se leva et réajusta nerveusement son blazer :

— Bien, on va s'occuper un peu de nos lascars.

Jules Correto l'imita, quitta son siège. Il ne savait toujours pas où vider sa pipe. En désespoir de cause, il la fourra telle quelle dans la poche de son imper. Il faudrait penser à faire le nettoyage...

— Si ça ne vous dérange pas, je voudrais d'abord voir les hommes de la CPS, je...

— Comme vous voulez, l'interrompit sèchement Moursault. Andrieux doit les faire venir...

— J'aimerais bien avoir leurs coordonnées.

Visage fermé, le patron de la PAF décrocha son téléphone.

— Andrieux, préparez les coordonnées des quatre témoins du meurtre pour le commissaire Correto... oui, pour aujourd'hui, pour tout de suite même... pas pour la semaine prochaine ! Il passera les prendre en descendant.

Correto eut la tentation de se montrer conciliant, de lui dire qu'il était un vieux flic, qu'une enquête criminelle commençait toujours ainsi, par l'audition des témoins directs, que c'était sa méthode, qu'il préférait ne pas en changer. Mais raide comme un tuteur de plante verte, Jean-Pierre Moursault avait déjà contourné son bureau et se tenait près de la porte, attendant que son collègue veuille bien le précéder. Correto renonça, eut l'impression de vivre une guerre des polices façon BD.

— Je vous fais raccompagner par une voiture.

— Non, je vais m'aérer un peu, réfléchir à tout ça, et je prendrai un taxi...

— Comme vous voulez.

— On refait le point demain ? A moins que d'ici là...

— Comme vous voulez.

Les deux hommes se serrèrent la main et Jean-Pierre Moursault avala le couloir d'un pas de *Bersagliere*, avant de s'engouffrer dans un bureau où devaient l'attendre sans doute Bourguoin, l'interprète et les trois Roumains.

Le commissaire de la Brigade criminelle descendit lentement l'escalier, laissa glisser son regard sur le banc vide, s'arrêta sur le seuil du commissariat avec le contentement du spéléo qui revient à l'air libre après une longue plongée dans les ténèbres. Le soleil avait fini par percer les derniers lambeaux de brume et se vengeait férocement d'avoir été mis ainsi en retard. C'était une nouvelle journée de canicule. Correto ôta son imper, retira sa cravate déjà largement dénouée, chercha ses lunettes noires dans toutes ses poches et ne trouva que des morceaux de papier et du tabac éparpillé. Il avait pas loin de deux bornes à faire avant de retrouver la ville, mais il avait décidé de se prendre une mi-temps. Le crime, le sang, c'était son affaire, et il allait s'en occuper. Mais avant, il trouverait une terrasse quelque part du côté de Saint-François. Et il mangerait une douzaine d'huîtres. En souvenir d'Henri.

8

Ce matin-là, il n'entra pas dans la salle de rédaction en sifflotant « I shot the sherif », ne lança pas son casque de scooter sur la table comme une boule de bowling et ne fit pas tournoyer son fauteuil.

Mathieu Forman était concentré. Si concentré que, tout à l'heure, Flo en avait pris ombrage. Elle avait même franchement fait la gueule. « Si je me tape cinq cents kilomètres aller et retour pour te sentir aussi absent, autant que je reste chez moi », avait-elle râlé.

En réalité, elle exagérait : ils avaient passé un samedi de couette en folie, avec intermède télé et tartines grillées, et le soir, dans un restaurant d'Honfleur, ils s'étaient offert un homard. Le plus gros du vivier. Et puis, il y avait eu le retour, sur la route, à deux heures du mat. Programmé X...

Mais c'est ce matin, à l'heure douillette du gros câlin d'après petit déjeuner, que les choses s'étaient gâtées. Il avait eu son idée. Qui, d'emblée, l'avait électrisé. Infiniment plus que les caresses de Flo qui n'avait guère goûté cette surprenante indifférence.

— Au cas où tu l'aurais oublié, tu sais qu'on ne se revoit pas avant trois semaines ?

Elle était superbe en boudeuse d'alcôve. Assise dans le lit, très droite et la poitrine dénudée, jouant négligemment avec les mèches de sa crinière blond roux qui lui tombait jusqu'à la naissance des seins. C'est ce qu'il préférait chez Flo, ses cheveux et ses seins... Elle avait attendu de brûlantes excuses.

L'esprit enflammé par son projet, il ne s'était pas excusé.

— Je te l'ai dit, je vais essayer d'avoir deux jours d'affilée. Au prochain repos, je monte à Paris.

— Tu parles, ça fait plus d'un mois que tu me dis ça. C'est pire que l'usine, ton canard...

Deux semaines auparavant, ils s'étaient déjà salement accrochés à propos du journal, et depuis, Mathieu évitait de trop s'étendre sur le sujet. Flo était trop amère. Ils étaient tous deux inscrits à une école de journalisme — la moins cotée de la capitale — et quand elle avait obtenu son stage de vacances à Antenne 2, elle avait fait des bonds de cabri, s'était déjà vue présentant le journal télévisé. « Même le dernier, avait-elle rigolé, celui de la nuit, je m'en contenterais. » Dans le même temps, elle s'était gentiment moquée de lui et de son exil dans un obscur petit journal de province. Depuis, elle passait ses journées à classer des dépêches d'agence et à transmettre les communications téléphoniques. Et lui, il prenait son pied. Alors, on n'en parlait plus...

Mathieu Forman frappa à la porte vitrée.

— Je peux vous voir un instant, monsieur Bassot ?

— Bien sûr... matinal aujourd'hui, Forman, surtout pour un dimanche...

L'heure, c'était son truc, au rédacteur en chef. Une habitude, un tic même. Il semblait ne penser qu'en tranches horaires, jusqu'à ce que les rotatives tournent et que le journal tombe.

— J'ai une idée de papier.

— Une idée de papier, et tôt le matin... c'est Noël en août ! railla Robert Bassot.

Le stagiaire garda le sourire. Il était maintenant habitué aux vacheries de son rédacteur en chef et savait surtout qu'il avait la cote en ce moment. Pour son premier gros fait divers, « il ne s'était pas trop mal débrouillé ». C'est ce qu'avait dit Bassot. Et dans sa bouche, c'était un compliment. Mathieu Forman avait tenu la semaine avec le meurtre d'Henri Borel, la semaine fatidique qui précédait le 15 août. Et c'est vrai qu'il avait eu l'enivrante impression, jour après jour, de ne pas se planter, et de voir l'activité du journal tourner autour de lui. Chaque jour, il titrait en « une » et, chaque jour, il faisait la tête de page trois. Le rédac chef avait simplement freiné le jeune journaliste sur ses « découvertes » : « On n'est pas à Troyes ici, avait-il précisé. Les conteneurs et les clandestins roumains, on connaît... »

Mais la source se tarissait. Le Roumain au poignard n'était pas coopératif et restait introuvable. Les flics s'énervaient. Choper ce type, c'était comme de vouloir attraper un poisson à mains nues. Ils ne disposaient d'aucun point de départ : logis, attaches, parents, femme ou maîtresse. Pas même de faux amis. Les enquêteurs ratissaient tout ce qu'il y avait de roumain dans la ville, et prédisaient les pires ennuis aux compatriotes de l'assassin tant que ce dernier resterait en liberté. Mais l'argument se révélait peu porteur pour des gens dont l'existence n'était plus depuis longtemps qu'une succession d'avatars. Et l'un des inspecteurs de la Criminelle, épuisé d'avoir brandi toute la panoplie des menaces légales et de quelques autres qui l'étaient moins, avait rendu compte de son désappointement en une formule découragée : « Le pire, c'est qu'ils n'ont même pas l'air d'avoir peur. »

Le commissaire Jules Corretto voyait son raisonnement se retourner contre lui et il n'appréciait guère. Devant le jeune Forman, il avait d'abord défendu sa théorie de l'assassin poussé à la faute dans un environnement hostile. Maintenant, quand le journaliste franchissait la porte du commissariat central, il s'entendait dire par un adjoint qu'il n'y avait rien de nouveau. Avec Moursault, le commissaire de la Police de l'air et des frontières, qui jouait les débordés, qu'il ne parvenait à coincer qu'entre deux portes, c'était encore pire. Quant au juge d'instruction Roulland, c'était le grand muet, il ne répondait aux demandes de rendez-vous qu'en annonçant une conférence de presse. Lorsque l'affaire serait bouclée.

Or, Mathieu voulait durer, n'était pas pressé de figurer à nouveau sur le tableau de service, pour « couvrir » les concours de dominos et les retours de colos à la chaîne. Avec son idée, il pouvait même rebondir.

Forman se lança. Il voulait enquêter sur ces Roumains qui se donnaient rendez-vous au Havre avant de tenter la grande traversée. On savait où les trouver, ils peuplaient les foyers, les asiles de la ville. Pourquoi n'irait-il pas les voir de plus près, d'aussi près que possible, jusqu'à vivre quelques jours avec eux.

Les sourcils froncés, Robert Bassot écoutait sans répondre, et ce silence angoissa le stagiaire. Il s'empêtra dans ses explications, se mélangea dans sa démonstration. Le rédacteur en chef l'arrêta avec sa brusquerie coutumière :

— Oh ! je sais que je commence à me faire vieux, mais pour ce qui est du métier, je comprends encore du premier coup.

Bassot, qui était resté assis, fixait son jeune rédacteur avec intensité.

— Et vous vous voyez camper où ?

— Bah ! A l'Armée du Salut par exemple, répliqua Forman d'une voix tremblante d'émotion.

— Pas possible !

— Pourquoi ?

— Le major est un type bien, mais c'est un emmerdeur. Il a horreur de la presse. Si on lui fait un coup comme ça, on risque les pires ennuis...

— Il y a la Lanterne aussi...

— Ah ça, c'est mieux ! Il y en a actuellement des Roumains ?

— Oui. Deux, d'après ce que je sais.

— Bien. Avec Fred, ça peut rouler.

— Vous connaissez Fred Palewski ?

— Plutôt, oui… et on s'accroche régulièrement. Il a cru en Lénine, en Mao, en Castro et en Mai 68… autant dire qu'il en a pris plein la gueule ! Maintenant c'est fini : il ne croit plus qu'aux pauvres et aux exploités, à ceux qui n'ont même plus les moyens de raconter des histoires. Pour lui aussi, la presse, c'est pourri et compagnie… Quand il vient au canard, c'est pour nous traîner dans la boue. Car ses lascars, évidemment, ne sont pas des anges, et il n'est pas rare de les retrouver en correctionnelle. Il nous accuse alors de les assassiner, de les achever. C'est toujours le même refrain : on enfonce ses mecs, on les fout en taule parce qu'ils ont piqué vingt kilos de cuivre sur le port et on ne touche pas aux caïds en col blanc.

— Ce n'est pas toujours faux…

— Pas toujours ! Mais il n'avait qu'à la réussir, sa révolution, et ne pas miser à chaque fois sur des canassons autrement plus terrifiants que ceux qu'il voulait virer…

Mathieu sentait que ça dérapait dangereusement. Il était en train de mettre le rédacteur en chef en rogne, et ce n'était pas le moment.

— Et ça se termine comment, avec Palewski ? interrogea-t-il, un peu anxieux.

— Il s'arrête aux discours, et après, on va boire un coup. C'est un mec formidable, que les autorités officielles ont voulu tuer dix fois, lui et son gourbi, parce qu'il gêne, mais à chaque fois, il s'en tire et…

Il y avait de l'estime et de l'indulgence dans le sourire de Bassot. Forman en profita.

— On y va ? coupa-t-il.

— On peut essayer.

Robert Bassot se leva, réajusta sa chemise, remonta les manches sur ses avant-bras. Le soleil commençait à chauffer les baies vitrées.

— Demain matin, dix heures, dans mon bureau, pour mettre tout ça au point.

— Donc, on y va ?

Le rédacteur en chef enveloppa le stagiaire d'un regard un peu las. Généralement, les gosses qui passaient deux mois à la rédaction repartaient heureux d'avoir raconté leur nuit sur un crevettier en baie de Seine ou encore de s'être farci trois cents lignes sur la route des Abbayes entre Saint-Wandrille et Jumièges. Lui, c'était autre chose... Si personne ne le rabote d'ici là, songea-t-il en une formule qui lui était familière, il est du bois dont on en fait...

Robert Bassot contourna son bureau, s'approcha du jeune garçon. Il l'enviait. Il enviait sa jeunesse, son enthousiasme, ses convictions intactes.

— Si vous vous pointez avec cette tronche-là, vous allez faire tache là-bas. C'est un peu « hard » à la Lanterne, je vous préviens. Vous faites trop en forme, trop heureux...

En plus, il était plutôt beau garçon. Bassot pensa à l'une de ses filles, Laura. Elle venait d'avoir dix-sept ans et devait raffoler de ces roseaux sur pattes, en jean et tee-shirt pour deux tailles au-dessus. Sans parler de ses cheveux blonds emmêlés et de ses yeux verts...

— Vous savez, il y a une chose, une seule qui me déplaît en vous...

Mathieu Forman paniqua légèrement, passa la main dans son fouillis capillaire.

— Qu'est-ce que...

— Vous êtes plus grand que moi, et j'ai horreur de ça !

Le stagiaire éclata de rire.

— Ce doit être l'âge, monsieur Bassot, on se voûte...

— Foutez-moi le camp, petit con ! cria le rédacteur en chef dans une colère feinte.

Les deux rédacteurs, qui avaient réintégré la salle de rédaction depuis quelques minutes, n'entendirent que la dernière phrase hurlée, ne comprirent pas pourquoi leur copain arborait la mine extasiée du reporter qui vient de recevoir le prix Pulitzer. De peur d'avoir à affronter également la colère de l'Ours, ils se contentèrent de lui lancer de muettes interrogations... mais pour toute réponse, il haussa les épaules d'un air insouciant et, sans s'arrêter, ferma son blouson en jean et attrapa son casque de scooter.

Mathieu slaloma joyeusement avec son deux-roues dans les rues de la ville. Juché sur son engin poussif, il se sentait pousser des ailes, s'enivrait d'une sensation de victoire. Maintenant, il avait quelque chose de très sérieux et de très plaisant à faire. Tout à l'heure, il était sorti de son studio sous les cruels sarcasmes de Flo. Elle avait voulu le vexer, avait tenu tout un raisonnement blessant sur les hommes de pierre peu excitants. C'était une histoire qu'il lui fallait éclaircir. Et démentir.

9

— Raoul Cavaneau, ça vous dit quelque chose ?

— Peut-être bien, oui, articula Correto.

Il essaya de se redresser sur son lit sans foutre le téléphone par terre, se cala le coude dans l'oreiller.

— Comment ?

— Je dis : oui, ce nom ne m'est pas inconnu.

Il ne s'en sortait pas, s'entortillait dans son drap.

— L'ancien grand manitou des Amitiés franco-roumaines, le fondateur, viré comme un malpropre après les événements...

— Les événements de quoi ?

Il ne parvenait pas à émerger.

— Eh bien, la Roumanie, la chute de Ceaucescu, tout ça... c'était l'idole de Cavaneau, paraît-il. Il ne s'en est pas remis.

— Oui, effectivement, marmonna Correto.

Dans l'état où il se trouvait, il aurait été incapable de se souvenir du nom de jeune fille de sa mère. Le flic abandonna toute idée de confort, s'affala carrément sur le bord du matelas, demeura prostré, le menton posé sur la poitrine. A poil, mal réveillé, et sommé de réfléchir, il se sentait peu reluisant.

— Une sacrée figure, paraît-il, un personnage qui comptait dans la ville...

Dégoûté, Correto décolla le combiné de son oreille. L'autre parlait comme on joue du clairon. Il devait se faire les poumons.

— Dans le temps, oui.

Il empoigna le réveil de sa main gauche. Sept heures moins dix ! A sept heures moins dix, Moursault carburait déjà à plein régime...

— Eh bien, il nous intéresse, Cavaneau ! Au point que je vais aller lui rendre une petite visite. Vous en êtes ?

— Là, tout de suite ? s'exclama le chef de la Criminelle, terrorisé.

Il savait être matinal, mais avec un minimum d'organisation. Là, il avait l'impression de tomber dans un guet-apens.

— Disons, vers huit heures, huit heures et quart au Central. Je passe vous prendre, d'accord ?

— D'accord. Mais qu'est-ce qu'il a...

— Je vous expliquerai ça tout à l'heure.

Jules Correto garda le téléphone dix bonnes secondes dans la main avant de raccrocher à son tour. Puis il se frotta mollement les tempes, tenta de réfléchir. Cela faisait quatre... non, cinq jours qu'Henri était mort, et depuis, il n'avait eu que deux contacts avec le commissaire de la PAF. Pour un bilan plutôt dérisoire. Ils s'étaient partagé le boulot, évitaient soigneusement de se marcher sur les pieds. Moursault tapait tous azimuts, ramassait tous les Roumains qui traînaient et les cuisinait... Correto faisait rôder ses inspecteurs sur le port, ciblait le milieu des truands locaux, habitués des docks, dont certains auraient pu se glisser dans la combine des clandestins. Mis au courant, les indics avaient roulé des yeux effarés : « Les quoi ?... les Roumains ?... » On leur aurait demandé des tuyaux sur le clergé qu'ils n'auraient pas été plus stupéfaits. Ces miséreux, ce n'était pas leur monde...

C'était de l'enquête de hasard, du boulot d'impuissant qui épuisait les nerfs et laminait le moral. Henri avait été enterré hier matin. Il y avait eu du beau monde à l'église, des gerbes et des couronnes en pagaille, et celle des anciens collègues n'avait pas été la moins belle. La collecte avait gonflé l'enveloppe comme jamais. Mais au bistrot d'après-obsèques, pendant le défilé des tournées d'apéros, il n'avait plus été question que du « pourri qui avait fait ça », et Correto, mal à l'aise, s'était senti au cœur des interrogations. Il s'était éclipsé vite fait, et un inspecteur en retraite, ému par le pastis, l'avait poursuivi jusque sur le trottoir : « On sait bien que tu ne seras pas tranquille avant de l'avoir entôlé, ce salaud », avait-il pleurniché en lui agrippant le bras. On lui faisait confiance, au vieux Magret, mais il ne fallait tout de même pas que ça traîne...

Malgré les stores vénitiens, le soleil éclaboussait déjà la pièce. « On va encore crever », râla le flic en s'arrachant du lit. Il tendit ses deux bras vers le plafond, s'étira longuement. Et, en même temps, se demanda pourquoi Moursault tenait tant à le faire participer à sa petite fête. Tous deux n'avaient pas vraiment fait équipe jusque-là. Il se décida à faire un pas, puis deux. La lourde machine Correto se mit en route vers la douche…

Le patron de la Police de l'air et des frontières et son adjoint Bourguoin firent leur entrée dans le bureau du chef de la Criminelle à huit heures dix.

— Il n'y a pas à dire, vous êtes bien installé, apprécia Moursault en tendant la main.

Jules Correto laissa glisser un regard indifférent sur les murs impeccables et dénudés. Il n'avait pas encore accroché ses reliques. Elles végétaient dans un tiroir. Ici, il n'avait pas envie, il ne se sentait pas chez lui.

— C'est neuf, laissa-t-il tomber placidement.

Jean-Pierre Moursault sourit avec franchise :

— Bah, justement…

Il était frais, en pleine forme. Aussi envahissant que l'odeur de son after-shave. Derrière lui, par contre, le gros Bourguoin faisait pitié, présentait la mine hâve et chiffonnée du veilleur de nuit surpris par le jour.

— C'est grâce à l'inspecteur, commença le commissaire de la PAF, magnanime.

Correto eut un rire mauvais :

— Ah, c'est vous le coupable…

— Allez-y, Bourguoin, expliquez…

Le malheureux était la lassitude personnifiée. Son blouson de cuir noir lui collait au corps comme une tenue d'homme-grenouille, et quand l'inspecteur s'écroula sur une chaise, Correto craignit de le voir exploser. Bourguoin tira prudemment sur la fermeture Éclair...

— Bah voilà... on a piqué deux Roumains dans un rade... un bar, à Saint-François. Un Antillais, dont le patron nous rend de petits services. C'est lui qui m'a appelé. Les deux gus s'étaient bien démolis au planteur, commençaient à faire un peu de foin, et puis, le patron savait que les Roumains, ça nous intéressait...

— Oui, bon d'accord, s'impatienta Moursault.

— On les a embarqués et puis on a voulu savoir un peu ce qu'ils avaient dans le ventre. Ce n'était pas facile, ils étaient complètement bourrés. Pour un, il n'y avait pas de problème. On l'avait déjà vu. Il dort régulièrement à l'Armée du Salut. Simplement, il en avait marre de se coucher comme les poules et s'était laissé aller à une petite java. Alors, attendez, lui c'est... (Bourguoin fouilla lentement dans les deux poches ventrales de son blouson.)... Putain, ils ont des noms à coucher dehors, ces mecs-là, pas moyen de les retenir...

— Mais on s'en fout de celui-là, coupa Moursault avec véhémence, c'est l'autre qui nous intéresse !

— Justement, patron, c'est ce que je cherche. (L'inspecteur se leva pesamment, continua à faire l'inventaire de ses poches.) Oui, l'autre, on ne le sentait pas net. Il fallait lui arracher les mots de la bouche...

— Il parlait français ? demanda Corretto.

— Pas mal, oui...

— Et ses papiers étaient en règle ?

— Apparemment oui. Visa encore valable pour deux mois.

— Et alors, qu'est-ce qui vous a...

— D'abord, son attitude. Comme je vous disais, il n'avait pas l'air net. Puis, quand on lui a demandé où il logeait, il n'a d'abord pas voulu répondre. Silence complet. Alors, on l'a un peu bousculé, et ce con-là s'est mis en pétard, a commencé à gueuler comme un veau... tiens, le v'là !...

L'inspecteur brandit triomphalement un carré de papier grand comme un timbre-poste qu'il venait de sortir de sa poche-revolver. Il commença à lire laborieusement :

— Basil Morovan... non ça, c'est le premier !

— Bourguoin, merde !

Moursault frisait la crise de nerfs, mais l'inspecteur, sous ses dehors de vil vassal, avait l'air de s'en foutre complètement.

— J'y viens, patron... Basil Caro... non, Florin Caroslescu... ouais, donc le Florin, il pique sa colère, et commence à raconter plein de trucs. C'est bien simple, on ne peut plus l'arrêter...

— Et c'est là qu'il vous sort le nom de Raoul Cavaneau, piaffa Moursault, qu'il vous dit qu'il couche chez lui, que beaucoup de ses compatriotes, quand ils sont au Havre, font comme lui, que Cavaneau est un ami des Roumains, etc., etc.

— Voilà. Alors, quand j'ai entendu ce nom, ça a fait tilt dans ma tête...

Malgré sa fatigue, Bourguoin ne voulait pas lâcher la poignée. Gras du bide peut-être, mais teigneux, obstiné.

— Vous êtes havrais ? interrogea Correto.

— Oui… et vous pensez si ce Cavaneau, on l'a bien connu ici. C'était un cador. Enseignant, prof de français je crois, et conseiller municipal, il a vécu de beaux jours avec la mairie communiste. Ses Amitiés franco-roumaines, il les a mises en avant. Pendant plus de vingt ans, on a vécu à l'heure roumaine. Des groupes folkloriques, des troupes de théâtre, des jeunes, des vieux, des artistes et des sportifs, on a tout vu… il y a même eu des charters de touristes, enfin des Français, qui partaient d'Octeville, parce que eux évidemment…

— Et au changement de régime, intervint Moursault, il a fallu aussi changer de vitrine aux Amitiés franco-roumaines et virer Cavaneau le stalinien. Apparemment, ça ne s'est pas fait sans casse, hein, Bourguoin ?

— Oui. A l'époque, il y a eu tout un ramdam, mais Cavaneau a dû céder et foutre le camp.

— Et depuis ? demanda le chef de la Criminelle.

— Bah, depuis, rien… jusqu'à cette nuit. J'en suis resté un peu sur le cul, parce que Cavaneau, je le croyais parti depuis longtemps…

— Il n'enseigne plus ?

— Il est retraité depuis un bon bout de temps. Il doit approcher les soixante-dix balais maintenant.

— Et on le trouve où, ce revenant ?

— Dans une grande baraque, route de Millet. Déjà, dans le temps, c'est là qu'il habitait.

— Et je suppose que c'est là qu'on va ?

— C'est là, confirma Jean-Pierre Moursault.

Dans un long soupir, les mains appuyées sur ses deux genoux, Bourguoin entreprit de se lever.

— Qu'est-ce que avez fait de vos deux Roumains ? s'enquit Jules Corretto.

— Ils cuvent.

Un peu apitoyé, le patron de la Criminelle ouvrit la porte, laissa l'inspecteur de la PAF passer devant lui. Il n'avait jamais vu quelqu'un d'aussi joufflu avec une mine aussi cadavérique.

10

Même sous le soleil, c'était sinistre. Une route de campagne sans attrait, au bitume usé jusqu'à la corde. Des talus non entretenus, des murailles de ronces, et quelques maisons éparses, posées en retrait, dans des fouillis d'arbustes rachitiques et de buissons jaunis par la sécheresse.

Jean-Pierre Moursault fit la grimace.

— Dites donc ! On est loin de la grasse Normandie !

— Vous êtes à moins de cinq bornes de la zone industrielle, expliqua Jules Correto en tendant le bras sur sa droite. C'est ce que l'on voit en contrebas, après l'estuaire…

— Je pensais que c'était de la brume…

— Non, c'est de la merde chimique, et vingt ans de fumées toxiques, ça esquinte le paysage. Et encore, ne vous plaignez pas, quand le vent souffle sud-sud-ouest, c'est le parfum de la raffinerie. Un vrai plaisir…

— Je comprends pourquoi il n'y a pas un chien, on se croirait en zone interdite.

— Normal, la route de Millet, c'est comme

Raoul Cavaneau, personne n'y pense plus. Depuis que la rocade nord est ouverte, elle est oubliée. Hormis quelques nostalgiques et quelques acharnés, plus personne ne la prend.

— Ça vaut mieux, grommela Bourguoin, elle est complètement défoncée.

Paupières mi-closes, il était écroulé à l'arrière. « Reposez-vous un peu », avait ordonné son chef qui, dans sa grande bonté, avait consenti à prendre le volant.

— C'est ici, indiqua Jean-Pierre Moursault.

Il freina en douceur, stoppa la voiture tout en laissant tourner le moteur.

Jules Corretto descendit la vitre à fond, passa sa tête par l'ouverture.

— Villa les Lierres, déchiffra-t-il sur une plaque d'émail bleutée qui s'émiettait; ça ne sent pas la peinture fraîche.

Disposées de chaque côté de l'entrée, deux grilles monumentales étaient rouillées jusqu'à l'os. Elles n'avaient pas dû être fermées depuis un demi-siècle. Derrière, c'était une nature en total abandon. Un chemin de terre d'une bonne cinquantaine de mètres perçait l'univers de broussailles, menait jusqu'à la maison d'habitation, construction haute de deux étages, à façade brune et écaillée, aussi pimpante qu'un immeuble de Liverpool. Un escalier d'une demi-douzaine de marches menait à la porte d'entrée vitrée, ornée de barreaux en fer forgé. Tous les volets étaient fermés, sauf un, à moitié décroché, qui battait au-dessus du vide.

— Il ne doit pas faire souvent son jardin, commenta Moursault qui, en embrayant la première, décida : On y va.

A peine la voiture s'était-elle engagée dans le chemin que deux gigantesques dobermans jaillirent de leurs niches basées de chaque côté de la maison et se mirent à aboyer comme des furieux.

— Merde ! Des clebs ! hurla presque Bourguoin.

Surpris par le cri, Correto se retourna. Complètement réveillé, l'inspecteur balançait sa tête de droite à gauche comme un fan de Roland-Garros, fixant alternativement les deux molosses qui écumaient au bout de leur chaîne.

— Ils sont attachés, dit Moursault, et, s'adressant à Correto : Bourguoin a une trouille bleue des chiens. Même des petits. Alors ceux-là...

Il contourna une sorte de rotonde vaguement herbeuse, arrêta la voiture devant une statue blanchâtre plus mutilée que la *Victoire de Samothrace.* Toujours aussi impressionné par la fureur des dobermans, Bourguoin descendit en dernier, le corps plaqué contre la carrosserie. Il lut leurs noms inscrits sur les guérites canines :

— Balto et Pipo... des noms de clowns pour des clébards pareils ! Faut déjà y penser...

— Couchés ! ordonna une voix rauque et abîmée.

Les chiens se turent instantanément, rentrèrent docilement dans leurs cabanes. Tête levée, les trois flics découvrirent l'auteur du coup de gueule. L'homme qui se tenait sur le perron ne respirait pas la santé. Un vieillard épais comme une figurine, qui s'appuyait sur la rambarde, cassé par une trop grande fatigue.

— Monsieur Cavaneau ? interrogea Jean-Pierre Moursault.

Le vieux ricana sombrement.

— Ah ! la police... eh bien, vous en avez mis du temps !

Les trois hommes s'observèrent, un peu interloqués.

— Merde ! Ça se voit tant que ça, fit Bourguoin à voix basse.

— Comment savez-vous que..., commença le patron de l'Air et des frontières.

— Bah, il n'y a qu'à vous regarder... et puis, les Roumains, c'est mon rayon, figurez-vous, et je me doutais bien que vous finiriez par venir m'emmerder.

— Vous avez un mandat ? chuchota Corretto à l'adresse de Moursault.

— Pas eu le temps, répondit celui-ci sur le même ton.

L'inspecteur Bourguoin prit le relais :

— On peut vous parler, monsieur Cavaneau ?

— Non...

Puis, dans un rire de crécelle rouillée :

— Bien sûr, puisque vous êtes là, montez !

— Ça commence bien, commenta le flic de la Criminelle à voix basse.

Avant de gravir l'escalier à la suite de ses deux compagnons, il jeta un coup d'œil autour de lui, aperçut un break Peugeot qui stationnait sous l'auvent d'une grange en ruine. Elle avait triste allure, elle aussi. Par réflexe, Jules Corretto remarqua l'absence du pare-chocs arrière, nota mentalement le numéro d'immatriculation : 1289 EM 76.

Dans le couloir dallé de noir et blanc, Raoul Cavaneau s'effaça devant les policiers, fit des civilités :

— Donnez-vous la peine d'entrer, messieurs, c'est à gauche, la première porte...

L'inspecteur Bourguoin se sacrifia, franchit l'obstacle d'un porte-manteau surchargé de haillons et ouvrit résolument la marche. Mais, devant la porte ouverte, il réprima de justesse un mouvement de recul.

— Merde, c'est un cauchemar..., grogna-t-il, dégoûté.

La pièce était plongée dans la pénombre, et il s'en dégageait une odeur suffocante, difficilement supportable. Une forme langoureuse frôla les jambes du gros flic qui, du coup, se dandina peureusement. Un chat, un énorme siamois blanc.

Cavaneau alla à la fenêtre, entrouvrit très légèrement les volets :

— Je ne supporte pas le soleil.

Il y avait des félins qui paressaient dans tous les coins. L'odeur venait de là.

— Ce sont les vrais patrons ici, grinça le vieux de sa voix d'hôpital. J'ai parfois l'impression qu'ils me tolèrent tout juste. J'ai beau leur expliquer que c'est moi qui leur donne à bouffer, ils s'en foutent...

Jean-Pierre Moursault se voulut aimable :

— C'est souvent comme ça, avec les chats.

— Ouais… de toute manière, ils sont toujours moins salauds que les humains.

Chaussé de charentaises pour grands frimas, Raoul Cavaneau trottinait à petits pas sur le parquet, tentait de dégager quelques chaises de leur fatras. Viré de son siège, un matou hors d'âge se révolta, miaulant avec la violence de l'expulsé.

— Ne vous dérangez pas, monsieur Cavaneau, dit Correto, on est très bien comme ça…

Il s'habituait peu à peu à la semi-obscurité, découvrait une pièce plutôt petite et incroyablement encombrée par des meubles lourds et massifs. Dans le milieu, une table ronde aux pieds torsadés reposait comme une tour, transformant le reste de l'espace en un chemin de ronde. Un buffet breton, orné de personnages sculptés, occupait tout un pan de mur. Il y avait encore une horloge ventrue au balancier immobile, dont la corniche frôlait le plafond, un guéridon et une sorte de malle ancienne sur lesquels pesaient d'énormes piles de journaux. Toutes ces vieilleries gisaient dans un océan de poussière.

— Comme vous voulez.

Cavaneau se posa avec précaution dans un fauteuil Voltaire aussi râpé, aussi déglingué que son propriétaire. La télé lui faisait face, à deux mètres. Ce devait être le coin du soir. Il prit appui sur les bras de l'antiquité, se cala dans le fond, apparut plus fragile, plus voûté, plus décharné encore que debout. Son cou semblait s'être enfoncé dans l'épais col roulé qui lui montait désormais jusqu'à la naissance du menton, les manches du pull débordaient des poignets, s'effrangeaient jusqu'à la naissance des doigts. Il présentait un petit visage osseux et dissymétrique, momifié par des rides profondes. Un rêve pour Jivaros.

— Alors, messieurs…

Dès qu'il parlait, les rides se mettaient à trembloter. Cavaneau était agité de tics nerveux incessants. Il porte sur lui le masque de la mort, songea Jules Correto.

Le patron de la PAF s'avança en direction du cadavre vivant :

— Apparemment, vous savez pourquoi nous sommes venus vous voir, monsieur…

Cavaneau leva une main en direction des journaux.

— Je suis retiré du monde, mais je me tiens au courant du bordel…

— Bien. Il se trouve que nous avons interrogé un Roumain cette nuit, un certain Caroslescu, et que…

— Ah ! Je me demandais ce qu'il était devenu, celui-là ! Il n'a pas fait de conneries, au moins ?

— Non. Juste un petit excès d'alcool. Mais il nous a dit qu'il logeait chez vous.

— C'est exact.

— … Il nous a dit aussi que vous receviez souvent des Roumains, qu'ils mangeaient, couchaient chez vous…

— C'est toujours exact.

Il y avait une certaine jouissance dans le ton des réponses.

Le chef de la Criminelle intervint, se décolla brutalement de la tenture grenat qui recouvrait le mur. Ce type avait l'air de se foutre d'eux et ça ne lui plaisait pas.

— On ne va pas tourner autour du pot, monsieur Cavaneau. Vous savez qu'un réfugié, planqué dans un conteneur en partance pour le Canada, a commis un crime. On le recherche, et comme des Roumains, apparemment, vous en recevez un paquet, on vient chercher des renseignements.

Le vieillard s'esbaudit dans un rire aigrelet :

— Mais, mon brave monsieur, les Roumains, cela fait près de trente ans que je les connais et qu'ils me connaissent. Je suis célèbre là-bas, vous savez ! Ils ont tous mon nom dans leur carnet d'adresses. Seulement, dans le temps, c'était officiel... qu'est-ce que je dis, j'étais le représentant attitré. Les Amitiés franco-roumaines, c'était moi, et rien que moi ! Personne n'avait honte à l'époque, il y avait le cérémonial, les réceptions, les discours, et tout le tralala... Si vous voulez, je peux vous montrer les coupures de presse, j'en ai cinq albums !

— Mais les temps ont changé, monsieur Cavaneau, reprit Moursault.

— Ah ça ! (Un rictus de dédain agita ses traits.) Viré comme une merde ! Voilà ce qui s'est passé. Maintenant, le Cavaneau, il a la vérole, il pue, le Cavaneau... mais en haut lieu seulement, parmi les hypocrites, les profiteurs et les trouillards ! Parce que les autres, ceux qui ont toujours eu besoin de moi, ils n'ont pas changé. On leur a promis le paradis, mais ils sont dans une merde plus noire qu'auparavant...

— Ils sont libres...

— Libres ! (L'exclamation s'éteignit dans un crachement douloureux.) Libres de crever, oui ! Qu'est-ce que vous croyez qu'ils cherchent, tous ceux qui viennent me voir, hein ! Qu'est-ce qu'ils cherchent ?

— A foutre le camp clandestinement dans des conteneurs.

La réponse tranchante de Correto tempéra instantanément la fougue de Raoul Cavaneau.

— J'en sais rien, dit-il d'un ton las. J'en sais rien, et je ne veux pas le savoir. Ils n'entrent pas illégalement en France, n'est-ce pas ? Mais chez moi, ils viennent chercher de l'aide. Et ils la trouvent. Je ne leur demande rien en échange. Je les aime bien, je les ai toujours aimés. Et ils me le rendent bien.

— Et l'assassin d'Henri Borel, vous l'avez aidé ?

Le flic de la Criminelle soutint le regard subitement perçant du vieil ermite de la route de Millet.

— Comment voulez-vous que je le sache ? Je ne sais même pas à quoi il ressemble ! Depuis le début de l'année, j'ai peut-être reçu une trentaine de Roumains...

— Bourguoin, donnez les renseignements dont on dispose, fit Moursault.

De plus en plus accablé par la fatigue, Bourguoin avait fini par s'asseoir. L'énorme chat gris qui trônait au milieu de la table et qui le fixait de ses yeux verts lui plaisait encore moins que les autres. C'étaient des yeux de tueur. Il se disait qu'il préférait encore les Roumains.

— Bourguoin ! gueula Moursault.

L'inspecteur sortit de sa torpeur, livra sa description.

— Je ne crois pas… en tous les cas, pas depuis le crime, commenta la momie. (Il se passa la main dans les quelques cheveux gris et filandreux qui subsistaient en touffes éparses, descendaient le long des joues en maigres rouflaquettes.) Ça, c'est certain.

— Et en ce moment, en dehors de Caroslescu, vous ne logez personne ? interrogea Moursault.

— Non. J'ai reçu une lettre hier. D'Allemagne. Des amis du temps du jumelage. Ils seront là dans deux semaines à peu près…

— Mais tout de suite ? insista le commissaire de l'Air et des frontières.

— Non, je vous dis… mais vous pouvez vérifier, allez-y.

Moursault lança un coup d'œil gêné à Jules Correto.

— Que vous ayez un mandat de perquisition ou non, j'en ai rien à foutre ! De toute manière, si vous voulez m'emmerder, personne ne pourra vous en empêcher. Alors, aujourd'hui ou demain…

Le Voltaire se mit à grincer. Le vieux s'agitait dans son fauteuil.

— Allez-y…

Le commissaire de la Criminelle acquiesça.

— On n'aura pas de remords.

— C'est ça, rigola Cavaneau.

— Bourguoin, se décida Moursault, allez faire un tour dans la maison.

L'inspecteur se leva à regret, s'arrachant à la contemplation hostile du greffier aux yeux verts, et disparut dans le couloir.

— Les chambres d'amis, précisa le propriétaire en tentant vainement de hausser le ton, c'est au second !

Le silence s'établit durant une vingtaine de secondes, que venait seulement troubler le bruit des pas du policier. Il en était au premier étage.

— Il pèse lourd, votre copain, fit remarquer le vieux.

Un long chat roux à la queue sectionnée sauta sur ses genoux et ronronna de contentement lorsqu'il sentit les longs doigts osseux de l'humain se glisser dans sa fourrure.

— Il s'appelle Carotte, fit-il d'une voix soudainement adoucie.

— Monsieur Cavaneau, reprit enfin Moursault. Vous qui connaissez tout sur les Roumains, vous devez bien avoir une idée de la manière dont ils parviennent à se glisser dans les conteneurs...

— Ils se débrouillent...

— C'est sûr, mais pas tout seuls. On les aide...

— Sans doute...

— Vous devez avoir votre petite idée ?

— Plus ou moins.

— Et celui qui a tué Borel, vous pensez qu'il a pu trouver de l'aide ici, au Havre ?

— C'est possible.

— Ça veut dire quoi exactement : c'est possible ?

— Ça veut dire ce que ça veut dire... je ne suis pas très fort pour tuyauter les flics...

La voix de Jules Correto retentit :

— Ça, on avait cru comprendre.

Il avait fait le tour de la table, avait longé le buffet breton, et s'était arrêté devant une grande photo encadrée, posée sur le meuble. On y reconnaissait Ceaucescu au temps de sa magnificence. Il paradait au milieu d'une foule hilare et serrait la main d'un petit homme solide aux cheveux gris qui souriait avec déférence. Le flic peina pour reconnaître Raoul Cavaneau.

— C'est vous, là ?

— Eh oui, c'est moi, avec le Conducator... excuse-moi, Carotte...

Le vieil homme chassa délicatement la bête de ses genoux, se leva avec difficulté, trottina jusqu'à la photo, prit le cadre entre ses mains.

— Je conduisais une délégation d'officiels havrais. Une fois de plus. A cette époque-là, tout le monde il était beau, tout le monde il était gentil. Regardez, là, vous avez Rapine, l'industriel, et là, Van Moustet, le commerçant. Ils croyaient faire des affaires, là-bas... et puis vous avez Cabrol, le conseiller général. Maintenant, si vous leur montrez cette photo, ils deviennent verts. Des minables...

— Et la dame, là...

— Ma femme, répliqua sombrement Cavaneau. Elle est morte. Toutes ces histoires l'ont tuée. Ils l'ont tuée...

Les marches de l'escalier couinèrent sous le poids de l'inspecteur Bourguoin. Il entra d'un pas pesant, mais présenta la mine soulagée de quelqu'un qui en termine avec une épreuve redoutable.

— Alors ? interrogea sans conviction Moursault.

— Rien... enfin quand je dis rien...

— Quoi ?

Bourguoin roulait des yeux effarés.

— Bah, là-haut, au deuxième...

Cavaneau émit son rire de fantôme sardonique :

— Il veut dire que dans les chambres, c'est un peu le souk...

— C'est un euphémisme, laissa tomber l'inspecteur.

— Ils font ce qu'ils veulent, c'est à eux. Moi, je n'y vais jamais...

— C'est tout ? reprit Moursault.

— Bah, il y a une pièce... c'est incroyable, il y a juste un petit chemin au milieu, et de chaque côté, ce sont des bouquins, des cartons, toutes sortes de trucs. De vrais murs, jusqu'au plafond !

Raoul Cavaneau s'esclaffa à nouveau, ce qui provoqua une interminable quinte de toux.

— Ma salle des archives, haleta-t-il.

— Et puis ? s'impatienta le patron de la PAF.

— Rien... ah oui ! dans la cave, il y a des montagnes de bouteilles d'eau minérale, des boîtes de conserve empilées, et des tas de vieilles fringues.

— Ce n'est pas interdit, que je sache, rétorqua le vieux entre deux crachotements.

Il revint vers son fauteuil, mit une éternité à s'asseoir.

— Je crois qu'on peut y aller, Moursault, dit Jules Correto.

— Vous avez raison...

Le flic de l'Air et des frontières s'avança vers le vieil homme, lui tendit une carte de visite.

— Si par hasard vous avez quelque chose susceptible de nous intéresser, vous pouvez me téléphoner.

Cavaneau prit le carton sans empressement.

— Je n'ai pas mes lunettes sur moi, s'excusa-t-il. Vous êtes ?

— Commissaire Jean-Pierre Moursault, chef de la Police de l'air et des frontières.

— Et...

— Commissaire Jules Correto, continua Moursault, chef de la Brigade criminelle.

— Du beau monde, ironisa l'ancêtre.

— ... Et l'inspecteur Bourguoin, de la Police de l'air et...

— Oui, ça, j'ai entendu. N'y comptez pas trop. Comme je vous le disais, je ne suis pas très fort pour renseigner...

— On sait.

Correto fut le premier dans le couloir. Il en avait marre de ce taudis.

Les trois hommes retrouvèrent la clarté du jour avec volupté, et les deux chiens reprirent leur numéro de férocité.

— Il a un vrai coup dans la cafetière, commenta Bourguoin.

— Pas tant que ça. La coquille est peut-être fissurée, mais le noyau est encore intact... Qu'est-ce que vous en pensez, Correto ? interrogea Jean-Pierre Moursault.

— Qu'il se fout de notre gueule et qu'il en sait des tonnes.

— C'est bien mon avis. On va le serrer de près.

— J'aimerais bien m'en occuper... enfin, si vous êtes d'accord.

Le flic de la PAF avait ouvert sa portière. Il observa pensivement son collègue de la Criminelle :

— Vous avez quelque chose en tête, Correto ?

— Camé...

— Pardon ?

— Il est camé au dernier degré. A poil, ce doit être une vraie passoire...

11

Mathieu Forman commença à cafarder dès la deuxième soirée. Sans songer un seul instant à céder. « Bien entendu, si ça vous paraît trop dur, vous pouvez arrêter, on ne vous en voudra pas », avait vicieusement glissé le rédacteur en chef. Le père Bassot pouvait toujours se l'accrocher ! Il avait promis de tenir la semaine, il tiendrait la semaine...

Mais c'était raide. Mathieu Forman prit sa pomme, la regarda pensivement, la fit sauter dans sa main. Le repas était fini. Repas à l'eau. Aucun alcool n'était toléré à la Lanterne, et celui qui enfreignait cette règle première était immédiatement banni, se retrouvait éjecté à son point de départ : la rue...

C'est ainsi que Fred Palewski tenait sa boutique. D'une main de fer. Il n'était pas là pour distribuer de la pitié ou pour pleurnicher sur le sort des paumés qui frappaient à sa porte. La Lanterne, ce n'était pas le rendez-vous de la misère acceptée comme une fatalité et il n'était pas question de s'y vautrer. Forman n'avait fait qu'entrevoir Palewski.

Une poignée de main énergique, quelques recommandations sur la discipline et, pour finir, la phrase habituelle qu'il devait réserver à tous les nouveaux venus : « Tu ne fais pas le con, et tout ira bien. » Bassot avait cerné le bonhomme. Ce qu'il voulait, Palewski, c'était que les mecs se tiennent debout. Il était là pour les dépanner, leur venir en aide, pas pour les plaindre et les dorloter. A l'évidence, c'était plus un homme de défi que de compassion. Avec sa silhouette de pilier en fin de carrière, sa tignasse ébouriffée et sa barbe grisonnante, il s'était fait un physique à la Daniel Herrero, l'entraîneur de rugby. Difficile de lui donner un âge. Mais quoi qu'il en soit, chez Palewski, il fallait se remuer. Il n'avait rien à foutre de vos papiers, de savoir si vous étiez en règle ou non, de l'endroit d'où vous veniez. A ce niveau-là, il ne demandait jamais rien. Mais une fois franchi le seuil de la Lanterne, les règles étaient clairement affichées : la douche était obligatoire. A huit heures trente du matin maximum, on était dehors. Et après dix-neuf heures, le soir, c'était bouclé. On ne rentrait plus.

Les pensionnaires de service débarrassèrent les grandes tables de cantine en Formica jaune, ramassèrent assiettes et couverts, firent le va-et-vient aux cuisines. Les autres se dispersèrent dans la pièce à côté, prirent place sur les chaises alignées devant la télé. Quelques acharnés de la belote s'apprêtèrent à jouer. Ils ne devaient pas traîner : dans un peu plus d'une heure, ce serait l'extinction des feux.

Mathieu s'approcha de la fenêtre, jeta un coup

d'œil aux alentours. Mais il n'y avait rien à voir. La douceur de l'air annonçait une nuit hawaïenne, mais dans les quartiers est de ville, ceux qui conduisaient à la périphérie, le décor se peignait en couleurs lugubres. Flotte ou soleil, cela ne changeait rien. Aux Champs-Barets et rue de la Vallée, tout était toujours gris. Ça sentait l'usine et la vie difficile. C'était là-bas, plus près de la mer, que l'air devait être tiède et la ville alanguie. Il devait y avoir des promeneurs dans les rues et du monde aux terrasses. On devait traîner et avoir l'esprit à la fête. Pour ce qui était de l'ambiance et la chaleur humaine, Le Havre ne faisait pourtant pas une grosse cote. A son arrivée, Mathieu avait subi le choc des blocs bétonnés, des avenues austères. A son départ de Troyes, un copain l'avait prévenu : « Tu verras, la ville est laide, mais les filles sont jolies... » Il trouvait la ville de moins en moins laide et les filles de plus en plus jolies. En ce moment, sous le coucher de soleil, les belles papillonnaient en débardeur, short et jupette... Les copains du journal devaient traîner sur le front de mer, jouer aux journalistes, aux reporters désœuvrés. Il faisait encore jour et, dans une petite heure, il serait au lit, parqué dans une piaule à peine plus gaie qu'une cellule de prison. Et encore, il n'avait pas à se plaindre. Il y était seul. Les autres châlits superposés étaient inoccupés. L' « hôtel » de la Lanterne ne faisait le plein qu'en hiver, quand les clients crevaient de froid sur les trottoirs et sous les cartons. Le jeune Forman s'arracha de la fenêtre. Qu'est-ce qu'il foutait dans cette casemate sinistre ? Qu'est-ce qu'il allait foutre de cette nuit ?

Il reporta son attention sur les deux Roumains plantés devant la télé. Deux jeunes types qui ne respiraient pas la joie de vivre — même ici, ça se voyait. Ils ne se quittaient jamais, comme si, séparés l'un de l'autre, ils avaient craint de tomber. Il y en avait un surtout, le plus grand, le plus sec, qui offrait un physique désespérant. Il n'était que tristesse, de la racine de ses cheveux noirs jusqu'aux pieds chaussés de godasses aux semelles épaisses comme des burgers. Pour un mois d'août torride, il était incroyablement couvert, semblait porter sa garde-robe sur lui, et dès qu'il était assis, se tenait les jambes serrées, légèrement voûté, comme s'il attendait la prochaine gelée. L'autre était plus petit, mais pas plus ordinaire. Féru des films de Sergio Leone, Forman lui trouvait le masque torturé des vilains du western-spaghetti, les hâves, les mal rasés — ce qu'il était — qui violaient, torturaient et massacraient à la chaîne. Pour quelqu'un qui ramait du côté des victimes, c'était bien la pire des injustices…

Le jeune journaliste se bougea, s'arrêta devant un meuble de bois blanc aux poignées de fer forgé qui, comme l'ensemble du mobilier, provenait d'un surplus des chiffonniers d'Emmaüs. Il rafla une poignée de magazines écornés, puis alla s'asseoir dans le coin le plus clair de la pièce, feignit de feuilleter une actualité qui datait de quelques mois, voire de quelques années. Mathieu Forman se mit à réfléchir avec un soupçon d'inquiétude. Il ne s'était rien passé hier soir, et rien encore ce soir. Il avait mangé à deux mètres des deux Roumains sans avoir trouvé le moindre prétexte pour faire connaissance. Comprenaient-ils seulement le français ? Tout à l'heure, il avait demandé au grand de lui passer le pain, ce qu'il avait fait. Mais comme base d'enquête, c'était plutôt maigre…

Il n'avait pas prévu non plus l'atmosphère de monastère quasiment silencieux qui régnait à la Lanterne. Dans sa naïveté de nanti, il avait cru à une fraternité exubérante et bruyante de miséreux, à laquelle, sans chichi et à l'aide de quelques verres de vin, le petit nouveau aurait été convié à participer. D'abord, il n'y avait pas de pinard, ce qui n'aidait pas au rapprochement, et ensuite, ces types n'étaient pas des bavards. Ils ne demandaient rien à personne et appréciaient qu'on leur réserve la même politesse discrète. Ils ne voulaient plus penser au passé, ne se voyaient aucun avenir… Restait le présent, qui était peu glorieux. Mathieu avait timidement cherché une faille, avait tenté d'engager la conversation avec deux ou trois Français, notamment un vieux au crâne rasé qui se déplaçait en boitillant, cassé de partout, et qui paraissait accepter avec philosophie son existence de SDF à perpète. Mais l'ancien grognait plus qu'il ne parlait, et s'était contenté de lui retracer son cursus existentiel en trois phrases : Légion étrangère, chute d'un toit… et cinquante ans en novembre.

En fait, les locataires de la Lanterne subsistaient en petits groupes autonomes et plutôt hermétiques. Et le stagiaire ne voyait pas comment il allait pouvoir s'immiscer dans l'un d'eux, à moins de laisser faire le temps et le hasard, ce qui irait bien au-delà de la semaine prévue. Et là, il jetait l'éponge par avance…

Comment faire ? Et comment faire vite, surtout ? Mathieu Forman dressa l'inventaire : outre les deux Roumains, il avait repéré trois Turcs, quatre Nord-Africains, marocains ou algériens, et avait compté huit Français. Restaient les deux Africains immigrés du Zaïre. Ceux-là étaient à part, faisaient partie des meubles. S'affirmant réfugiés politiques et en situation irrégulière, ils campaient à la Lanterne depuis plusieurs mois et bénéficiaient d'une protection spéciale de la part du patron. Ils étaient devenus ses employés, étaient voués aux petits boulots dans la maison et se chargeaient également de l'accueil, voire, ce qui était rare, des réclamations. De joyeux drilles apparemment, qui tranchaient sur la méfiance générale et cassaient la morosité ambiante par quelques éclats de rire tonitruants. Parler avec eux n'était pas un problème, et c'est par leur intermédiaire que Mathieu avait obtenu quelques renseignements. Mais il était également persuadé que des confidences faites aux Zaïrois tomberaient aussitôt dans l'oreille de Fred Palewski. Or, Robert Bassot avait été formel : c'était un susceptible, un écorché vif. D'apprendre que le grand blondinet n'était pas à la recherche d'un lit, mais s'était introduit dans la place pour enquêter sur les Roumains le mettrait dans une rage folle. Ce serait le fiasco.

Ce souci hanta le jeune Forman tard dans la

nuit. Ce qui était presque un bien pour un mal puisqu'il en oublia de trop gamberger sur sa triste condition de reclus volontaire. Curieusement, il pensa à ses parents aussi. A leur première vie, à la rupture qui les avait amenés dans leur petit pavillon de Troyes aux volets blancs. Il n'y avait jamais vraiment songé auparavant, avait toujours vu son père tondre sa pelouse au millimètre et sa mère astiquer ses cent mètres carrés d'intérieur comme pour être primée. Honorables et modérés, sans un mot pour le passé, comme s'ils avaient encore peur de s'y brûler. Et c'est maintenant, loin d'eux, plongé dans un monde de déracinés, qu'il comprenait enfin leur silence : ils en avaient sans doute trop bavé, les réfugiés Forman. Les immigrés de Prague avaient eu plus que leur dose, ils ne voulaient plus en entendre parler...

Mathieu Forman s'agita dans son lit avec nervosité. Il reposait sur celui du dessus, à quarante centimètres du plafond. Depuis son enfance et les colonies de vacances, le jeune homme ne supportait pas d'avoir un matelas au-dessus de sa tête. Il avait la sensation d'étouffer. Demain matin, décida Mathieu, et dès la première heure, il passerait à l'action. Il avait sa petite idée. Et puis, le soir, il comblerait un oubli impardonnable, ramènerait une cartouche de cigarettes à la Lanterne. Les clopes, il n'y avait pas mieux pour amorcer une amitié. Y compris chez les sinistrés...

12

Mathieu fut dehors dès l'ouverture des portes de la Lanterne, à six heures et demie. La fraîcheur du petit matin le fit frissonner, et il se promit de passer à son studio dans l'après-midi pour avoir autre chose que son blouson en jean à se mettre sur le dos. Il fila aussitôt, et en petites foulées — ce qui contribua à le réchauffer —, jusqu'à la station-service du boulevard Leningrad où, pour un billet de cent francs glissé au gardien de nuit, il disposait d'un garage pour son scooter. De vouloir faire démarrer l'engin de si bonne heure acheva de le mettre en nage. C'était une antiquité capricieuse et vite épuisée, qui devait s'étonner d'être encore en service. Mais le jeune homme n'avait pas eu le choix. L'embauche de stagiaires d'été dans un journal de province s'accompagne toujours d'une double obligation : un moyen de transport et un appareil photo. Son père lui avait cédé un Nikon très respectable, mais, trop fauché pour s'acheter une voiture, Mathieu n'avait pu dénicher pour se déplacer que ce deux-roues bon pour la casse.

Le journaliste ne fut de retour devant la Lanterne que vers sept heures trente. Il était passablement énervé : le scooter n'avait consenti à pétarader qu'après un laborieux décrassage de bougie qui lui avait laissé les mains pleines de cambouis, et il craignait que cette trop longue absence ne fiche son plan par terre. S'ils étaient déjà sortis, c'était râpé. Mathieu tourna quelques minutes à la recherche de la planque idéale, et décida de se poster à une trentaine de mètres, coincé entre deux voitures, dans une rue qui faisait l'encoignure, pratiquement face à la Lanterne. De là, il avait un bon champ de vision : personne ne pouvait entrer ou sortir de chez Palewski sans qu'il s'en aperçoive... Mathieu Forman enleva son casque intégral, ébouriffa ses cheveux d'un geste machinal, mit le scooter sur sa béquille, et attendit.

S'il avait craint de se faire repérer, de se retrouver seul, planté devant la bande de gazon qui ornait l'entrée de l'asile, il pouvait être rassuré. Ça débouchait de partout. Encadré par trois grands boulevards et l'interminable carrefour de la Brèque, gigantesque pieuvre qui écartelait ses longs bras d'asphalte à la sortie de la ville, ce quartier de l'est était un carré de laborieux. Très tôt le matin, les habitants de la Vallée, des Champs-Barets et de la cité Chauvin se précipitaient dehors pour aller bosser. Ils ne changeaient pas de décor, ils sortaient de chez eux et se retrouvaient aussi sec au boulot. Même les commerces faisaient utile. Il n'y avait pas de boutiques pour baguenauder dans le superflu et la fantaisie. On ne folâtrait pas dans le coin, on usinait. Les immeubles collaient aux industries, et les pas-de-porte aux entrepôts. Il n'y avait que les rideaux aux fenêtres qui faisaient la différence...

Les premiers locataires de la Lanterne sortirent par deux ou trois. Dès le premier soir, Mathieu s'était demandé ce qu'ils pouvaient bien faire de leur journée, s'était imaginé des demi-clodos traînant en ville, picolant, faisant les poubelles ou ramassant les cartons avant de rentrer vaille que vaille le soir à l'heure du couvre-feu. Or, ils fonçaient comme les autres, comme des ouvriers aiguillonnés par la machine à pointer. Les trois Turcs, eux, n'eurent même pas à marcher. En habitués, ils stationnèrent quelques minutes sur le terre-plein gazonné, jusqu'au moment où un fourgon vert pomme déjà copieusement garni vint les ramasser. Eux aussi avaient du boulot. Sans doute ne fallait-il pas y regarder de trop près. Certaines boîtes de la région, les petites notamment, les sous-traitants qui travaillaient au service des grandes firmes de l'industrie et du bâtiment, s'offraient clandestinement de la main-d'œuvre à bon marché.

Les deux Roumains sortirent les derniers. Huit heures dix, nota Forman en jetant un coup d'œil à sa montre. Ils ne paraissaient pas plus désœuvrés que les autres, semblaient savoir où ils allaient. Mathieu enfila prestement son casque intégral, actionna le démarreur de son scooter qui, magnanime, obtempéra sans rechigner. Tout en rentrant la béquille récalcitrante d'un coup de pied hargneux, le jeune homme pria pour que les deux hommes ne l'embarquent pas dans une randonnée pédestre. Même si sa ruine ne roulait guère plus vite qu'un piéton pressé, les Roumains finiraient par le repérer. S'ils allaient à pied, il laisserait tomber son engin n'importe où. Au risque de se le faire piquer. Il avait perdu la clé de l'antivol.

Le problème ne se posa pas. Après avoir traversé la rue et parcouru une petite trentaine de mètres, les Roumains s'arrêtèrent au bord du trottoir. Mathieu déboîta, sortit de l'abri constitué par les deux voitures, et comprit aussitôt : ils attendaient le bus.

Ce fut long. Passablement excité, le journaliste pesta contre l'incurie des transports en commun, s'emporta comme un simple usager quand il aperçut, après vingt minutes d'attente, deux bus s'amener, collés l'un à l'autre. Les lignes 3 et 4 allaient au-delà des bassins portuaires. Et pour enjamber les bassins, il y avait des ponts. Quand les bateaux passaient, les ponts se levaient. Et les bus attendaient. Cela durait depuis des années. Le premier était si bondé qu'il grilla la station sans s'arrêter. Le second absorba sans problème la douzaine de clients qui piaffaient. Au moment où le bus redémarrait, Forman repéra la silhouette du grand Roumain triste qui surnageait au-dessus de la mêlée sur la plate-forme arrière. C'est parti, se dit-il avec entrain.

Ça montait. Ça montait tant et tant que Mathieu s'alarma. Son scooter peinait déjà sur le plat, mais dans les côtes, il réclamait des pédales. Fort heureusement, chaque arrêt permettait de regagner aisément le terrain perdu. La rampe laissait le centre-ville derrière elle, menait aux hauteurs où avaient poussé, en même temps que les cités nouvelles, les mauvaises réputations. Mathieu ne connaissait guère les plateaux, mais ses quelques incursions à Caucriauville, forteresse urbaine qui datait maintenant d'une bonne trentaine d'années, ne lui avaient pas laissé une impression désastreuse. « C'est parce que tu ne connais pas la Mare-Rouge, lui avaient répondu les experts locaux, là, t'as intérêt à garer tes miches. »

Le nom l'avait amusé, lui avait rappelé un vieux film d'Autant-Lara, *L'Auberge rouge*, dans lequel un couple de tenanciers saignait la clientèle. La Mare-Rouge, c'est là que le bus se rendait.

Les Roumains descendirent trois ou quatre stations avant le terminus. La plaque bleue affichait rue du Bois-au-Coq. Mais, en dehors de ça, le coin n'avait rien de bucolique : l'herbe des plates-bandes avait mauvaise mine et les arbres pleuraient après la chlorophylle. Derrière sa visière de Plexiglas, Mathieu eut l'impression d'être dans une cour d'enceinte. Il se trouvait au centre d'un cirque rectangulaire, sauf qu'autour de lui les gradins avaient hauteur d'immeubles, des immeubles récents, mais sans jeunesse, tous affublés des rides précoces et hideuses du vandalisme et du mal de vivre. Il n'y avait pas grand monde dehors. Dans ce quartier, la nuit, on ne traînait pas par peur ; et le jour non plus, parce qu'il n'y avait rien à voir. Forman se sentit mal à l'aise. Il préférait encore la grisaille des Champs-Barets et de la Lanterne…

Les Roumains pressèrent le pas. Le journaliste les laissa prendre un peu d'avance et, dès qu'ils eurent tourné le coin d'une rue, mit doucement les gaz. Il déboucha à son tour juste à temps pour voir les deux hommes monter dans un break Peugeot de couleur bleue qui comptait déjà deux autres occupants. C'était une vieille caisse rongée par la rouille et sans pare-chocs arrière. La Peugeot démarra et le scooter n'eut plus qu'à filocher derrière.

Mathieu Forman avait beau s'efforcer au calme, il était dans un état de surexcitation extrême. Sous son casque, il récitait tout haut lettres et numéros de la plaque d'immatriculation : « 1289 EM 76... 1289 EM 76... », les emmagasinait dans sa mémoire comme un code secret. Il se parlait tout seul, se sentait comme un gosse à la recherche d'un trésor, s'enflammait sur le mystère de ce rendez-vous, sur cette bagnole qui le conduisait tout droit à la solution de l'énigme. Peut-être même qu'il allait assister au grand départ ! Voilà ce qu'il se disait, le fin limier, en se gelant sur son scooter. Aussi fut-il stupéfait de voir le break Peugeot se garer sagement dans un immense parking où stationnaient déjà des dizaines d'autres voitures. Forman les imita, enleva son casque, regarda autour de lui pour y chercher quelque chose d'insolite, quelque chose qui pourrait le mettre en alerte. Désappointé, il dut convenir que tout était normal et rassurant. Poussant leurs caddies devant eux, et laissant le conducteur à son volant, trois des quatre hommes partirent faire leurs courses au centre commercial.

Ce furent des emplettes sans bavures. Les trois types se séparèrent dès l'entrée, et Mathieu remarqua que chacun était chargé d'une mission précise. Le jeune homme choisit d'abord de suivre à distance l'un de ceux qu'il ne connaissait pas. Il le vit s'arrêter au stand bricolage et plonger la main en habitué dans divers rayons pour y choisir quelques outils qu'il déposa dans son caddie. Une fois qu'il eut disparu, Forman s'arrêta à son tour au même endroit, où reposaient dans des compartiments tournevis, marteaux et burins... Plus loin, ce fut au tour de deux ou trois scies à métaux, plus quelques autres bricoles, tubes et boîtes que le journaliste ne parvint pas à identifier. Une fois ses achats terminés, l'homme se dirigea vers les rayons alimentation où ses compagnons faisaient une razzia dans le stock de bouteilles d'eau minérale. Ils ne font pas gaffe à la marque, nota Forman un peu stupidement. Pour sa part, l'un des locataires de la Lanterne, le plus petit, celui à la tête de vilain cow-boy, se spécialisait dans le pain de mie, les conserves et les biscuits. On ne sentait aucune hésitation dans leur choix. Ils n'improvisaient pas, ne déambulaient pas entre les murailles de bouffe comme ces intoxiqués de l'hyper qui passent des heures à défiler devant les étiquettes. Ils allaient droit au but et au strict nécessaire. C'était jour de ravitaillement. Le journaliste n'insista pas, cessa de jouer à cache-cache parmi les étalages. Il avait compris.

Il y avait foule maintenant sur le parking, et la place commençait à manquer. Mathieu Forman remit son casque et, avant de rejoindre son scooter, fit un détour, passa devant le break Peugeot, tourna la tête en faisant mine de réajuster sa lanière. Derrière le pare-brise, il repéra un bonhomme insignifiant aux cheveux gris, emmitouflé dans un gros chandail d'hiver. Petit, vieux et souffreteux. Il n'y avait rien d'autre à dire…

Le jeune homme guetta la sortie des hommes avec anxiété. Il s'en voulut d'être aussi contracté, aussi crispé, mais il avait en vue la prochaine étape, l'endroit où ces types allaient déposer leurs provisions. Dès qu'il les aperçut, poussant leurs caddies bourrés jusqu'à la gueule, il enfila à nouveau son casque, s'impatienta bêtement de les voir mettre tant de temps à remplir leur bagnole. Et quand enfin ils montèrent et claquèrent leurs portières, il poussa un rugissement de joie. La Peugeot sortit doucement, et Mathieu mit fébrilement en marche son scooter… ou plutôt voulut le mettre en marche, car le moteur demeura désespérément muet. Le journaliste hurla sous son casque, tenta dix fois, vingt fois de faire démarrer le récalcitrant, mais n'obtint à chaque fois qu'un halètement douloureux suivi d'un silence mortel. Le break s'éloigna sans se presser et Forman, impuissant, la rage au ventre, dut laisser disparaître l'arrière de la Peugeot sans pare-chocs dans le flot des autres voitures. Dieu était roumain et son scooter un enfoiré.

13

Le rédacteur en chef vit débouler son stagiaire un peu avant midi. En d'autres circonstances, Mathieu aurait tout de suite compris qu'il tombait mal. Robert Bassot avait une copie assommante sous les yeux : un connard qui exigeait un rectificatif de deux feuillets suite à une information anodine.

— D'où est-ce que vous sortez, vous ?

Forman avait du cambouis jusque sur le front.

— Mon scooter..., expliqua-t-il d'un ton pressé, comme pour évacuer un détail.

— A votre âge je n'avais qu'un vélo !

Rien qu'avec ça, il aurait dû prendre son temps, attendre un meilleur moment. Mais Mathieu Forman brûlait encore de son aventure matinale. Il n'y tenait plus, il fallait qu'il raconte. Ce qu'il fit en vrac et avec quelque exaltation, tournant dans le bureau comme un chien dans son chenil. La réaction de Robert Bassot le refroidit un peu. Il la jugea plus que mitigée, la prit au premier degré, crut entendre la note discordante et exaspérante du vieux journaliste que plus rien n'étonne, qui en a vu d'autres... sans déceler le soupçon d'inquiétude, la pincée d'anxiété qui commençait à miner son aîné. Bassot passait toujours ses soirées en solitaire, loin de sa famille qui barbotait à Villerville, et les programmes d'été de la télé ne risquaient pas de l'empêcher de réfléchir. Ce que lui rapportait son apprenti avec tant d'enthousiasme le souciait encore un peu plus. Il y avait eu meurtre, tout de même ! Et si Forman l'oubliait, lui, par contre, y pensait de plus en plus. Aussi Bassot avait-il décidé de mettre un bémol à l'ardeur de son envoyé spécial chez les clodos de la ville. Il était journaliste — et encore, tout juste —, pas détective. Il allait donc se calmer et rester dans son rôle. Et, pour commencer, il allait l'écouter. Le problème était que Bassot n'était pas doué pour la prudence. Il semblait parler sous la contrainte, avec un pistolet braqué sur la tempe. Ça le rendait grognon et expéditif, voire déplaisant. Mathieu n'enregistra donc que très imparfaitement le message. Et si Robert Bassot avait pu lire dans les pensées de son protégé, il se serait fait encore un peu plus de souci. Maladroitement distribuées, ses consignes avaient eu l'effet contraire à celui qu'il escomptait. Forman sortit de son bureau quelque peu meurtri, encore un peu plus regonflé par l'injustice dont il se sentait victime : qu'il le veuille ou non, il lui en mettrait plein la vue à ce fossile de la carte de presse...

En début d'après-midi, le jeune homme s'occupa du scooter resté en rade sur le parking de la Mare-Rouge. Il était aussi usé que le rédac chef, celui-là, mais il allait devoir se remuer et bannir de sa culasse toute idée de retraite anticipée ! Dès demain, Forman comptait rouler à nouveau sur la trace fâcheusement interrompue de ses Roumains.

L'un de ses copains de l'atelier se révéla être le dépanneur rêvé. Il n'était plus tout jeune lui non plus, et depuis que le progrès avait changé le plomb en papier, ne s'intéressait plus que de très loin à la chose imprimée. Ce qui lui donnait de copieux loisirs, lesquels se concentraient exclusivement sur la réparation de ruines mécaniques à qui, jurait-il, il redonnait miraculeusement vie et santé. « J'ai une petite préférence pour le Solex », avait-il avoué.

Mathieu ne disposait que d'un scooter. Mais vu l'allure à laquelle il roulait ordinairement, on ne faisait guère la différence. Aussi téléphona-t-il à ce rebouteux du moteur deux-temps en le suppliant d'agir très vite, c'est-à-dire tout de suite. Sans doute alla-t-il jusqu'à prétendre que c'était une question de vie ou de mort, ou quelque chose dans ce goût-là...

— Tu tombes bien, lui répondit le bricoleur, au mois d'août, je glande, je n'ai rien à faire, et ça m'énerve. Ton truc, ça va me détendre...

Trop content de rendre service, Mathieu fut également ravi d'apprendre que son sauveur habitait sur les hauteurs, à Bléville, c'est-à-dire pas très loin du centre commercial.

— J'embarque ton scooter sur ma camionnette et je vois ça chez moi. Rendez-vous dans une petite heure sur le parking...

Forman avait balbutié des tombereaux de

remerciements. Ce type n'avait peut-être plus la foi, question typographie, mais pour SOS deux-roues, c'était un messie.

La suite se déroula comme un rêve de clé à molette.

— C'est une belle pièce, jugea le mécano en découvrant la bête inerte. Il fit quelques essais infructueux, ausculta la chose en ses entrailles, palpa les organes fautifs comme on tâte un pouls ou un ventre douloureux.

— C'est simplement le démarreur, diagnostiqua-t-il.

Ça, Mathieu le savait.

— ... C'est rien du tout, juste un réglage. Même pas la peine que je te le prenne, je vais le faire sur place.

Il eut l'air chagriné. Moins d'une demi-heure plus tard, le scooter démarrait au quart de tour. S'il n'avait craint que cela ne fasse jaser parmi les ouvriers du Livre, le jeune homme aurait embrassé son sorcier.

La rédaction le revit vers quinze heures trente. Cloué à son bureau, Forman se mit alors à noircir du papier, beaucoup de papier. Il nota tout : ce qu'il avait vu et entendu, ses certitudes et ses hypothèses, ne lésina pas sur la couleur et le décor... bref, il fit dans le vécu. Ce furent des instants de légèreté et d'indépendance qui lui firent oublier ses rancœurs. Autour de lui, les autres besognaient sur le canard du lendemain, alors que, libéré des horaires et de la copie — toujours appelée ainsi, même si les textes ne s'affichaient plus que sur l'écran des ordinateurs —, il se donnait de larges et passionnants horizons rédactionnels. Son statut privilégié en intriguait plus d'un. Plusieurs copains vinrent l'interroger, il alla prendre un pot en compagnie de deux d'entre eux, mais à toutes les questions qui se pressaient, derrière lesquelles il décelait un soupçon d'envie et de jalousie, il n'apporta instinctivement que de vagues réponses. Il n'en savait encore rien, mais le syndrome de la fuite, du grillage, du « chacun pour soi » journalistique naissait en lui.

Vers dix-sept heures, la faim l'assaillit brutalement. Il pensa alors qu'il n'avait pas mangé grand-chose depuis vingt-quatre heures et que, selon toute probabilité, le repas du soir à la Lanterne ne le comblerait pas. Mathieu se rendit seul dans une grande brasserie qui servait à toute heure et commanda une pizza géante chevauchée par deux longues merguez demandées en supplément. Trente minutes plus tard, rassasié, il abandonna la moitié d'une tarte Tatin dans l'assiette et refusa le café proposé par la serveuse. L'estomac, ça allait, mais la tête prenait le relais. La brasserie venait d'être relookée en kitsch texan, avec canapés de faux cuir, suspensions en cuivre et opaline verte, bar panoramique qui serpentait jusqu'au fond, dans la pénombre. C'est là que les jeunes de la ville s'agglutinaient, et il y régnait à cette heure l'ambiance des fins d'après-midi prometteuses, annonciatrices de chaudes et insouciantes soirées. Mathieu respira des parfums de fête, de déboulades, de flirts, et s'en sentit douloureusement exclu. Sa soirée était toute tracée. Il s'apprêtait à quitter le monde pour entrer au couvent des paumés, ce qui ne le faisait pas marrer. C'était simplement un état d'âme à supporter, mais qui n'influait en rien sur sa détermination : quelle que soit son angoisse d'avoir à revivre une mortelle soirée, il n'envisageait pas un seul instant de renoncer. C'était un petit coup de blues, rien de plus. Non seulement l'étincelle n'était pas éteinte, mais elle brillait de plus belle depuis son demi-échec du supermarché. Il tenait un début de piste, et c'est tout ce qui comptait : les Roumains n'avaient pas rempli leurs caddies de packs de flotte et de pain de mie en tranches pour faire la fête, pas plus qu'ils n'avaient acheté les outils pour une session bricolage. Ils préparaient leur appareillage...

Après avoir à nouveau remisé son scooter à la station-service du boulevard Leningrad, le journaliste réintégra donc la Lanterne, bousculé par des sentiments contrastés, et attendit la dernière minute autorisée pour franchir le seuil du foyer.

Mathieu Forman traversa le hall d'entrée recouvert d'un lino gris troué par l'usure, perpétuellement imprégné d'une forte odeur d'eau de Javel. Dès les premiers pas, rien ne vous était épargné sur le triste état du monde. Les murs verdâtres étaient recouverts d'inscriptions et d'affiches sur tout ce qui n'allait pas sur la planète. Et, évidemment, cela faisait du monde... Il y avait du sida, des emprisonnés, des torturés et des handicapés. La palme de l'expo jubilatoire revenait aux gosses. Ils crevaient de faim, se faisaient assassiner, se prostituaient, ou bien encore sautaient sur des mines... Mathieu s'arrêta trois secondes devant un superbe poster en couleurs où figuraient trois petits Asiatiques estropiés et affublés de prothèses pitoyables. On vivait une époque formidable…

Il comptait se rendre directement dans sa chambre et ne se mélanger aux autres qu'après l'heure du repas. Mais au moment d'emprunter le long couloir sombre surnommé le « sous-marin » par les pensionnaires, Mathieu changea brusquement d'avis : poussé par la curiosité et juste pour reprendre un contact visuel avec son duo du matin, il se ravisa, tourna à droite et fit le détour par la salle commune.

La surprise le cloua sur place. Au point qu'il craignit de se faire remarquer. Ses craintes étaient vaines. Tout le monde se foutait éperdument de ce qui était normal ou pas entre les quatre murs de la Lanterne. Personne n'avait levé la tête à l'entrée de Forman et ses potes de la veille continuaient de batailler avec leur assiette. Le stagiaire se reprit, arbora un air dégagé, et avança dans la salle sur des jambes un peu chancelantes. Il reprit place auprès du légionnaire édenté, appliqué à mastiquer patiemment sa viande, fouilla dans son sac pour se donner une contenance. Mais il ne pouvait regarder ailleurs. Malgré toute sa volonté, ses yeux se portaient sur eux, y revenaient sans cesse. Il y avait quatre nouveaux. Quatre nouveaux pensionnaires attablés avec le petit à la sale gueule, le figurant de chez Sergio Leone. Quatre Roumains.

Tout ce qui n'était pas ces cinq hommes ne compta plus pour lui. Il n'y avait pas d'autres bruits, pas d'autres voix, pas d'autres sons que les leurs. Il se les appropria, les enchaîna à lui.

— Tu manges pas ?

— Hein ?

— T'as pas faim ?

Mathieu leva la tête. Debout à côté de lui, l'un des deux Zaïrois désignait son assiette avec un sourire de copain. Il avait réellement une tête sympa et des dents d'une blancheur éclatante.

— Non.

Le Noir n'insista pas, s'occupa de ses voisins. En face, les Roumains dévoraient en silence, penchés sur leur pitance. Mathieu Forman les passait sans cesse en revue, leur trouva des visages aux traits étonnamment inexpressifs. Hormis leur jeunesse — ils devaient tous avoir entre vingt et vingt-cinq ans —, Forman était frappé de voir à quel point ces types étaient identiques. Ils pouvaient être gros ou maigres, chauves ou chevelus, tous portaient sur eux, sur leurs traits, au fond de leurs regards, la même cicatrice douloureuse, la même marque d'infamie inscrite au fer rouge. Parfois, l'un d'entre eux sortait de son mutisme et posait une question à l'ancien qui, de toute évidence, les avait pris en charge et les guidait. Ils s'en remettaient à lui...

Le journaliste prit conscience d'un manque, d'une absence. L'autre, le grand, celui à la tête de pleureuse... il n'était pas là. Où était-il passé ? Mathieu s'efforça de rester calme, de ne pas laisser son imagination s'égarer. Sans le vouloir, il écoutait Bassot. Peut-être était-il simplement souffrant ? A moins qu'il ne soit chargé de préparer les chambres pour ses compatriotes ? Mais c'était l'heure sacrée du repas, et la grande carcasse n'avait pas comme lui eu le privilège de s'avaler une pizza dans le courant de l'après-midi...

Forman sentit le coude du légionnaire lui heurter l'avant-bras.

— T'as pas une cibiche ?

— Une quoi ?

Le jeune ne connaissait pas cet argot venu du fond des âges.

— Une cigarette.

Le journaliste sortit les blondes américaines de la poche de son blouson, posa le paquet sur la table. Il l'avait entamé, avait jeté une demi-douzaine de cigarettes dans une poubelle pour faire plus vrai.

— Tiens, garde-le.

— Tu fumes pas ?

Il avait posé la main sur le paquet sans oser le prendre. Cette générosité inusitée le coinçait un peu.

— J'ai arrêté.

— Jusqu'à la prochaine fois, rigola le vieux en exhibant quelques chicots noirâtres.

— C'est toujours ça de pris...

Avant la carafe d'eau du soir, le décrépit avait dû s'enfiler quelques rasades de gros rouge dans l'après-midi. Ça le rendait affectueux, à défaut d'être très compréhensible. Mathieu se dit qu'il pourrait peut-être en profiter.

— C'est des nouveaux ? interrogea-t-il avec un mouvement de menton vers la tablée roumaine.

— Ouais, marmonna le boiteux. C'est comme

ça tous les quinze jours. Ils arrivent, il repartent, ils passent...

— Et où ils vont comme ça ?

Mathieu avait posé sa question avec une mimique de gamin innocent. Il affronta sans sourciller un regard soupçonneux. L'autre avait le fond de l'œil plus jaune qu'un œuf de ferme.

— Tu lis pas les journaux ?

— Non, pas vraiment. Je ne suis pas ici depuis longtemps, tu sais.

— Tu viens d'où ?

Une douce euphorie étreignit le jeune garçon. S'il commençait lui aussi à poser des questions, c'était bon signe...

— De Troyes.

— Ah...

Mathieu attendit la suite. Qui ne vint pas. Le légionnaire avait vidé le paquet de clopes, arrachait méticuleusement le bout filtre de chaque cigarette. Ses ongles, noirs de crasse et d'une longueur invraisemblable, servaient de sécateur. Mais ses mains tremblaient tant que les dégâts étaient considérables. Le journaliste se refusa à abdiquer :

— Il y en a un qui est parti, je crois bien. Le grand, qui était là, avec l'autre.

Soupir...

— Ça se passe toujours comme ça... Y a un ancien qui se barre et un ancien qui reste. Et puis, parmi les nouveaux, y en a un qui va rester... et puis, le coup d'après, c'est le plus ancien qui va se tirer... et puis, un nouveau qui va rester, et...

— Comme un relais en somme ?

— En somme.

Un bruit de chaises infernal rompit la quiétude des lieux. Tout le monde se levait à peu près en même temps, comme commandé par un signal. C'était l'heure de la télé.

Le vieux ramassa ses cigarettes décapitées, regroupa les filtres dans le cendrier, suivit le mouvement général.

— Je vais voir les infos, annonça-t-il en s'éloignant.

Il peinait tant à se déplacer qu'il semblait tirer son corps comme une voiture à bras.

Mathieu Forman se demanda ce qui pouvait encore bien l'intéresser dans l'actualité. Il entendit la voix de Claire Chazal qui « ouvrait » sur les malheurs de Lady Di. La pauvre princesse n'en pouvait plus, livrait ses confidences avec des sanglots dans la voix. Dans l'enceinte de la Lanterne, la scène avait quelque chose de surréaliste. Pourtant, visage levé vers la télé, les pensionnaires du foyer ne perdaient pas une miette des propos éplorés. Mathieu ne comprenait pas. Qu'y avait-il à comprendre d'ailleurs ?...

Seuls les Roumains n'avaient pas bougé de leur table. Serrés autour de l'ancien, ils discutaient maintenant à voix basse. Chazal pouvait toujours discourir, leurs infos, ils se les passaient eux-mêmes...

14

Allongé sur son lit, Mathieu était en nage. Il faisait plutôt frais dans sa piaule à allure de casemate, mais il transpirait de l'intérieur, dégoulinait d'impatience et d'excitation. Il n'en pouvait plus de réfléchir, de se repasser un scénario qu'il enrichissait à chaque fois d'éléments inédits : une nouvelle cargaison humaine était arrivée et, en quelques mots, l'ancien légionnaire aviné l'avait mis sur les rails...

« Ainsi donc, ça se passe comme ça... » Forman parlait tout haut, s'adressait à lui-même. Il se repassa le film, il ne s'en lassait pas : deux Roumains constituaient sur place le comité d'accueil. Ils préparaient l'arrivée des nouveaux, s'occupaient de l'intendance et du ravitaillement et, dès que la tribu débarquait, la prenaient en charge. Après, cela se compliquait un peu, mais s'il avait bien compris le vieux, l'un des deux « instructeurs » s'embarquait dans le conteneur avec les arrivants. Sauf un, qui restait sur place, qui reformait le duo, devenait l'élève du plus ancien, lequel, dans la prochaine fournée, s'en irait à son tour et serait remplacé, etc., etc.

Apparemment, le relais fonctionnait sans temps mort… Mathieu passa une jambe par-dessus le drap, puis les deux. Il crevait de chaud… Seulement, tout autour, il fallait de l'organisation, des complices, des types qui renseignent. Tous les flics le disaient, et lui-même dans ses papiers n'arrêtait pas de l'écrire. Les Roumains ne se pointaient pas en touristes. Ils disposaient de toutes les coordonnées nécessaires. Sur le trafic portuaire, les conteneurs, les horaires de départ et les destinations. Là-dessus, il n'avait rien.

« T'es jamais content… » Il se moqua de lui-même, eut une pensée féroce pour Robert Bassot. Qu'est-ce qu'il dirait cette fois-ci ?…

Les coups discrets frappés à la porte le surprirent dans un demi-rêve, une demi-réalité. Il ne parvint pas à faire la part des choses, attendit, assis, n'entendit d'abord que le silence… puis à nouveau : *toc, toc, toc…*

— Qu'est-ce que c'est ? prononça Mathieu en sourdine.

— C'est Gina.

Une femme. Une voix de femme.

— Pardon ?

— C'est Gina, j'te dis. Ouvre, je vais pas passer la nuit dans le couloir.

Une femme. Ici, à la Lanterne. Mathieu se laissa glisser le long de son châlit. Il était à poil, nu comme un ver. Sans prendre le temps de mettre un slip, il enfila son jean.

— Ben alors, qu'est-ce tu fous ? s'impatientait Gina.

Le jeune homme entrouvrit la porte, main droite posée contre le mur. Il y avait, dans la pâle lumière d'une ampoule de quarante watts, une tignasse blonde relevée en chignon meule de foin, et sous le chignon, il y avait aussi un visage de femme. La porte acheva de s'ouvrir sous une poussée impatiente, et le bras qui barrait la route fut viré sans ménagement.

— Ben mon vieux, t'es pas pressé, toi... remarque, ça me change...

Bras ballants, Mathieu cherchait à comprendre.

— Ferme la porte, gros ballot !

Il obéit, toujours silencieux. La créature lança son mini-sac en lamé sur la petite table de bois blanc, ôta d'un coup d'épaule un spencer bariolé, luisant comme de la brillantine. Sa jupe, écarlate et ultra-courte, la moulait comme une seconde peau, elle la remonta encore un peu plus haut pour s'asseoir sur la table. Elle traînait dans son sillage un parfum sans subtilité. Un arôme de bûcheron.

— T'es pas épais, mais t'es drôlement mignon. C'est pas si fréquent ici, t'as l'air d'un orphelin...

Malgré lui, Mathieu avait arrimé son regard au débardeur noir de la jeune femme. Une poitrine énorme débordait du décolleté en V. Elle se méprit, demanda, soudainement adoucie :

— Ça fait combien de temps que tu n'as pas eu de femme, mon petit ?

Mathieu se ressaisit. Une pute ! Une pute à la Lanterne, qui lui parlait comme à un gosse. Elle a dû être jolie, se surprit-il à penser. Mais maintenant, c'était fini. Epaissie, précocement vieillie, la peau en bourrelets sous le tissu. Il y avait sur son visage durci des ombres ternes, des morceaux de sale vie.

— Excusez-moi, mais qu'est-ce que vous faites ici ?

— Ce que je fais ici ? (Elle fit valser son chignon, renversa sa tête en arrière, ce qui souleva encore un peu plus ses seins de concours agricole, éclata d'un rire de gorge un peu forcé.) Ce que je fais ici ? Je donne du plaisir à vous autres, les pauvres types...

— Mais je n'ai rien demandé...

— Evidemment, tu viens d'arriver !

— Mais si M. Palewski apprenait que...

La fille gloussa de plus belle.

— Palewski ! Mais c'est lui qui nous envoie, rigolo ! Il sait ce que c'est que la vie, lui ! Il sait ce qui leur manque à ses gars, il en a marre de savoir qu'ils se paluchent à longueur de nuit. C'est pas humain, comme il dit. Alors, il s'est organisé. On vient toutes les trois semaines. A trois ou quatre, ça dépend du monde...

Elle sauta de la table, réajusta vaguement sa jupe. Ses hauts talons, pourtant vertigineux, ne parvenaient pas à affiner sa silhouette.

— Alors qu'est-ce que t'en dis ?... C'est quoi ton prénom ?

— Mathieu, souffla Forman, légèrement débordé.

— Qu'est-ce que t'en dis, Mathieu ? Cent balles, c'est donné... Faut dire que Fred ajoute au bout. Il appelle ça ses bonnes œuvres. Sinon, tu penses bien qu'à ce tarif-là... mais toi, t'auras même droit à une petite gâterie en plus. C'est pas mon genre de brader, mais t'es trop mignon...

La prostituée s'avança plus près du jeune garçon, tira négligemment sur son débardeur. Elle était visiblement fière de sa poitrine colossale.

— Alors, qu'est-ce que t'en dis, Mathieu ?

Il commença à s'affoler. Les situations saugrenues s'enchaînaient à trop grande vitesse. Et celle-là, il ne l'avait pas cherchée...

— Non, je ne crois pas que...

— Tu crois pas que quoi ? continua langoureusement la tapineuse. Si c'est ça qui t'arrête, je vais te dire une chose. Ce soir, t'es le premier. Je dois me faire un Turc derrière, et crois-moi, c'est moins drôle. Ils mettent peut-être la famille au-dessus de tout, ceux-là, mais ils ne crachent pas sur la baise illégale.

— C'est pas ça...

— J'te plais pas, alors ? Tu préfères que je t'envoie une copine. Une brune, une maigre, une plate. Je ferais la gueule, tu sais...

— Mais non.

Il ne voulait pas la vexer, l'humilier. Mathieu n'était jamais monté avec une pute. Cela n'avait rien à voir avec la pudibonderie ou un quelconque préjugé puritain. Simplement, il trouvait que pratiquer l'amour tarifé était dégradant, avilissant, et pis encore, hypocrite. Et puis Flo, physiquement, c'était tout de même autre chose. Il n'était pas maso... Mais comment expliquer ça à Gina, la madone des paumés ?

Elle était maintenant contre lui, lui caressait tendrement le torse. Il ne voyait plus que son maquillage outrancier, ses paupières lourdement colorées en violet...

— Tu vas voir le bien que ça fait, murmura-t-elle, surtout qu'avec toi, je vais pas me forcer...

Sa main experte descendit doucement, puis plongea brusquement dans l'ouverture laissée par la braguette ouverte. Gina en fut pour ses frais, ne rencontra qu'un sexe inerte.

— Non, non et non ! cria Mathieu Forman en reculant brusquement, les deux paumes levées à hauteur de poitrine.

Une lueur d'incompréhension passa dans les yeux bleus de la jeune femme.

— Je n'ai pas besoin... un autre soir peut-être.

Il se sentait atrocement gêné.

Gina retourna chercher son spencer, le prit dans une main, rafla son sac de l'autre.

— Alors toi, tu me la coupes, railla-t-elle, c'est bien la première fois qu'un truc pareil m'arrive ici. D'habitude, les mecs, ils nous sautent dessus comme des affamés, on n'a même pas le temps de se désaper... mais après tout, si tu préfères te branler devant une photo de bonne femme à poil, c'est ton affaire...

Forman se passait nerveusement la main dans sa tignasse. Il se rendait compte qu'il n'était pas parvenu à aligner trois mots de suite, et il ne savait toujours pas quoi dire...

Gina s'apprêtait à sortir...

— Ça m'apprendra aussi, dit-elle avec un

pauvre sourire. (Elle passa devant lui.) Salut, mon mignon... (S'arrêta brusquement.) Mais j'y pense, est-ce que, par hasard, tu ne préférerais pas les hommes?... (Sans réfléchir, Mathieu fit mine d'hésiter, joua la confusion.) C'est cela, hein, c'est cela? Alors ça, un pédé, c'est la meilleure!...

Il la sentait rassurée, soulagée de pouvoir justifier son échec. Elle ouvrit la porte.

— Rassure-toi, je le garde pour moi, dit-elle à voix basse, mais débrouille-toi pour que personne d'autre ne le sache. Car ici, c'est comme en taule, si tu vois ce que je veux dire...

Le jeune homme réintégra son lit dans un état second. Il crut entendre un rire étouffé, un rire de femme. Gina qui se consolait avec son Turc, peut-être... Il songea à Florence, sentit un désir brutal lui fouailler le bas-ventre. Cette grosse pute l'avait complètement chaviré. Finalement, il n'était rien qu'un mec, un mec comme les autres... Il chassa l'image cafardeuse de Gina, de ses gros seins et de ses aumônes sexuelles, tenta de se rappeler Flo et leurs joyeuses parties de jambes en l'air. Au-dessus de lui, le plafond était d'un gris à désespérer de la vie.

15

A six heures trente du matin, il fut debout comme une fleur. Fanfan la Tulipe aux aurores. Même le scooter avait le réveil facile. Depuis que le typo aux doigts de fée s'en était occupé, il frisait le soixante-dix en pointe. Du jamais vu.

Une heure plus tard, Mathieu retrouva sa planque, à trente mètres du parterre gazonné de la Lanterne. Par contre, il caillait. Ça, c'était le point noir. L'été avait brusquement chuté de plusieurs degrés, était revenu à des normes saisonnières régionales comme on disait à la télé, ce qui signifiait en gros que, si le vent ne se décidait pas à souffler, il allait flotter. Une nouvelle fois, le jeune homme se jura d'échanger dans l'après-midi son blouson en jean contre son cuir.

Assis sur son scooter, il déplia le journal acheté au tabac-presse du coin, passa tout de suite à la page quatre, rubrique maritime, compulsa la liste des navires attendus sous quarante-huit heures. Un porte-conteneurs canadien y figurait : le *Canmar Triumph.* Etait-ce celui-là ? Mathieu referma le canard, l'enfourna dans la poche arrière de son jean avec un sentiment de douce euphorie. Il sortait du brouillard, commençait à maîtriser son histoire.

— Bonjour, monsieur, Police nationale. Pourrions-nous voir vos papiers, s'il vous plaît ?

Abasourdi, Mathieu Forman observa tour à tour les deux jeunes types qui l'encadraient. Ils avaient l'air aussi peu flics que possible. On était loin de l'imper et du chapeau mou. Pantalon de toile claire, mocassins de peau, blouson Nylon noir pour l'un, jean bleu, tennis blanches, saharienne ocre pour l'autre. Et tee-shirt pour les deux. Sa première réaction, stupidement, fut de les plaindre : ils ne devaient pas avoir chaud non plus. Puis, dans le centième de seconde qui suivit, il s'interrogea : d'où sortaient-ils, ces deux-là ?

— Qu'est-ce qui se passe ? interrogea Mathieu, un peu ému.

— Simple vérification d'identité, répéta l'inspecteur qui se tenait à sa gauche, sur le trottoir, en présentant sa carte barrée de tricolore.

— Ah..., se contenta de répondre Mathieu.

Il ne croyait pas au hasard. D'abord parce qu'il était blond aux yeux verts, et qu'à moins de se balader avec un pétard à la main, il contournait aisément le délit de sale gueule... ensuite, parce qu'il voyait mal deux policiers faire une tournée de routine un matin, à sept heures et demie, dans le quartier de la Vallée.

— Vos papiers, s'il vous plaît, insista poliment le flic de droite.

Lui, par contre, côté faciès — il avait un teint

de Méridional très prononcé, une tête de Beur, une tête à se faire contrôler…

Mathieu obtempéra, sortit son passeport de la poche intérieure de son blouson, le présenta d'un côté et de l'autre. Celui de gauche fut le plus rapide.

Lecture rapide, coup d'œil de l'expert.

— Vous habitez toujours à Troyes ?

— Oui… enfin non, ce sont mes parents. Je suis étudiant à Paris.

— Et au Havre, vous logez à la Lanterne ?

Ça venait de droite. Et ça jouait l'étonné.

— Non… enfin oui…

L'évidence explosa subitement dans sa tête. Ces deux flics surveillaient le foyer.

— C'est oui ou c'est non ?

Toujours à droite.

Mathieu soupira. Ce n'était pas la peine de jouer au bal masqué.

— Je suis journaliste, je fais une enquête sur les foyers, les asiles, et…

— Au point d'y coucher ?

A gauche toute.

— Et après ! s'énerva Forman.

— Vous avez votre carte de presse ?

A droite.

— Non, je suis stagiaire pour l'été.

Il répugnait à sortir le carton maison, signé par Bassot et destiné aux correspondants ou aux intérimaires, qui spécifiait effectivement que le dénommé Mathieu Forman travaillait pour le journal. Fallait pas pousser.

— Attends, s'exclama le flic sur le trottoir, Forman… Mathieu Forman, ça me dit quelque chose. Vous signez dans le canard ?

Mathieu haussa les épaules.

— Bah évidemment.

— C'est même vous qui avez couvert l'affaire Borel ?

— C'est cela. Parlez-en au commissaire Correto, il est au courant…

Il n'avait pu s'empêcher de placer son petit effet et le regretta aussitôt. Mathieu se trouva un peu ringard.

— Je vous remets maintenant, je vous ai vu passer au Central.

— C'est possible.

Le policier de gauche lui rendit son passeport sans mot dire.

— Je suppose que vous êtes là pour les Roumains ? s'enhardit l'apprenti journaliste.

Depuis que les deux flics l'avaient interpellé, il se sentait complètement décalé. Ce qu'il disait ne correspondait pas à ce qu'il pensait. Il avait la tête comme un puzzle, ça tombait de tous côtés, et il essayait de ramasser les morceaux.

Les deux inspecteurs se regardèrent.

— A chacun son boulot, monsieur Forman, prononça le flic à tête d'immigré.

Et tous deux prirent congé.

Assis sur son scooter, le stagiaire souffla bruyamment, respira à fond, s'appliqua à dompter son émotion. C'était dingue de se mettre dans un état pareil parce que deux policiers s'étaient mis sur son chemin. Quoi de plus logique après tout : la Lanterne était sous surveillance, et ils avaient repéré son petit manège. De le retrouver aujourd'hui, au même endroit et à la même heure que la veille, n'avait pas manqué de les intriguer. Maintenant, ils savaient et ils lui ficheraient la paix. Point.

Forman coupa court à ses réflexions alambiquées. Les cinq Roumains sortaient en file indienne du foyer. Il enfila prestement son casque intégral, s'apprêta à démarrer. Les cinq hommes traversèrent la rue, puis s'engagèrent de front sur le trottoir. Forman s'étonna... ils dépassaient l'arrêt de bus, marchaient vers lui. Il se fit du souci. Sous sa cagoule d'acier, il était impossible de le reconnaître, mais ces types étaient forcément sur leurs gardes, devaient avoir des yeux à infrarouges. Bizarrement, Mathieu se sentit beaucoup plus crispé que la veille. La présence des flics sans doute... Forman se retourna instinctivement, chercha à les repérer. Ils étaient partis dans son dos. Où se trouvaient-ils maintenant ? Dans l'une des bagnoles garées le long du trottoir ? De les savoir dans les parages ne le mettait pas à l'aise.

La troupe s'arrêta, se regroupa autour du chef, le petit à face de rat. D'où il se tenait, par-dessus le capot d'une Toyota rouge surbaissée, Forman les voyait sans difficulté, mieux même qu'entre les quatre murs du foyer. Sans doute parce qu'il prenait son temps, qu'il se sentait plus libre. Ça discutait ferme. Sauf un, un jeunot au teint rose qui semblait ne s'intéresser qu'à la rue. Sous sa casquette à visière américaine, seule note de fantaisie dans le morne habillement du pauvre, il n'en perdait pas une miette...

Ils se séparèrent. Tous ses sens en alerte, le stagiaire vit deux Roumains obliquer dans la première rue à droite. Deux autres rebroussèrent chemin, partirent en sens inverse. Restait l'ancien, toujours immobile sur son trottoir. Durant quelques secondes, il regarda s'éloigner ses compagnons, fit un petit signe de la main au jeunot qui se retournait sans cesse... puis partit à son tour.

Mathieu le laissa prendre une vingtaine de mètres d'avance. Mais sa décision était prise. Le type à suivre, c'était lui, le solitaire. Les autres ne pouvaient que se dégourdir les jambes. Ils prenaient l'air en attendant le retour de leur leader.

Il embraya en douceur. Le Roumain pressait le pas, avançait comme un habitué du quartier, sans se retourner. Il tourna rue des Chantiers, commença à longer la cité des Champs-Barets. Forman fit une première halte au coin, mit le pied sur le trottoir. Son cœur battait à vitesse accélérée et une subite montée d'adrénaline lui brouilla un peu les idées. Il en restait une, une seule qui surnageait : longue et légèrement incurvée, la rue des Chantiers menait directement au port.

Les cinq cents mètres qui suivirent le détendirent légèrement. Il manœuvrait son scooter sans gros problèmes, conservait aisément ses distances, trouvait des dizaines d'alliés sur place. A cette heure matinale, la rue des Chantiers regorgeait de travailleurs sur leurs cyclomoteurs. La nuit venue, pourtant, même les chats s'y sentaient seuls, mais quand sonnait l'heure d'aller au boulot, il y avait foule.

Le stagiaire s'arrêta une nouvelle fois, laissa tourner son moteur au ralenti. Il en profitait pour épier chaque voiture à portée de regard, cherchant à déceler la présence des deux flics qui l'avaient accosté tout à l'heure. Aucune trace. Mathieu avait de la peine à comprendre. Peut-être s'étaient-ils concentrés sur les nouveaux arrivants…

Le Roumain ne ralentissait pas l'allure. Dans peu de temps, il atteindrait le boulevard Jules-Durand, un long ruban d'asphalte qui longeait la zone portuaire. Le jeune garçon redémarra. Logiquement, l'autre devait traverser. De l'autre côté, il y avait le pont IV, et ensuite, c'étaient les quais.

La cohue sur le boulevard ne dérangeait guère le Roumain ; il traversa en souplesse, slaloma entre les bagnoles et les camions. Mathieu dut s'arrêter au stop et attendre que le flot de la circulation se tarisse un peu. Bientôt, il ne vit plus son homme qu'en de très brèves séquences, hachées par les carrosseries qui jaillissaient à jet continu. Mais il ne se faisait pas de souci, il le retrouverait sur l'autre bord.

Quand il put enfin forcer le passage et qu'il aperçut le pensionnaire de la Lanterne s'arrêter près d'une grosse voiture noire, il comprit tout de suite son erreur. Il mit les gaz au maximum, lança son scooter à fond, tenta de rattraper son retard. Mais à peine le Roumain était-il monté que la bagnole démarra sèchement et trouva aisément sa vitesse de croisière dans la circulation. La rage au cœur, Mathieu Forman s'entêta. Et si le pont IV était levé ? Il ne l'était pas. La grosse voiture s'éloigna inexorablement. Elle s'estompa bientôt dans le lointain, devint un tout petit point noir. Et au carrefour de l'avenue du 16th-Port, le petit point noir s'évanouit dans la nature.

Forman abandonna, coupa le moteur, enleva son casque d'une main tremblante. Il était en transe, vidé de toute énergie. Cette voiture n'avait rien à voir avec le break déglingué du supermarché. C'était une caisse de luxe, une grosse cylindrée. Une Mercedes peut-être ? Vus de l'arrière, désormais, tous les nouveaux modèles se ressemblaient. Mathieu n'avait pu déchiffrer les numéros d'immatriculation inscrits sur la plaque verte. En y réfléchissant, la couleur l'étonnait. Mais il avait eu le temps de noter les deux lettres, collées l'une à l'autre : CD. Comme « corps diplomatique ».

16

Robert Bassot flairait la sale journée. Il n'avait aucun mérite, les indices se multipliaient. Dès huit heures ce matin, sa femme l'avait appelé depuis Villerville. D'habitude, c'était plutôt en fin d'après-midi. Mais là, il y avait urgence... c'est ce qu'elle prétendait. Premièrement, le chauffe-eau de la salle de bains fuyait; deuxièmement, les gosses étaient allés sur les rochers pêcher la rocaille, et tout ce que Nadia, sa fille cadette, avait récolté, c'était une cheville grosse comme une pastèque : entorse.

— Qu'est-ce que tu veux que j'y fasse, avait marmonné Bassot, qui s'inquiétait de voir refroidir le café dans son bol. Fais réparer et fais soigner.

A partir de là, le dialogue avait quelque peu dégénéré.

— Va trouver un plombier au mois d'août, toi !

— Tu n'as qu'à demander aux garçons.

Il avait deux gendres sur place. Ces messieurs pouvaient, pour un instant, se séparer de leurs planches à voile...

— Ça te va bien de dire ça !

Bassot n'avait jamais su planter un clou. Et il voyait dans la mode déferlante des meubles en kit à monter soi-même un symbole édifiant d'une décadence de la société moderne...

Quant à la cheville de Nadia :

— Pour le toubib, c'est déjà fait, merci !

— Faut dire, avait malencontreusement ironisé Bassot, que je ne comprendrai jamais pourquoi vous vous emmerdez à aller chercher des coquillages que, de toute manière, vous foutez à la poubelle !

— D'abord, ce n'est pas vrai, pas tous ! Ensuite, tu ne comprendras jamais rien à rien...

— D'accord, chérie...

Il s'était montré conciliant, devinait que Gisèle commençait à saturer : la saga familiale en marathonienne, vingt-quatre heures sur vingt-quatre...

— Mais encore une fois, qu'est-ce que tu veux que je fasse ?

— Il n'y a jamais rien à faire avec toi. En dehors de ton satané canard, rien ne compte. Tu seras toujours aussi égoïste !

Gisèle avait raccroché dans la fureur. Robert dans l'incompréhension. Et il avait bu son café tiède.

Deux heures plus tard, alors qu'il ne s'était pas encore assis à son bureau, le téléphone sonnait une nouvelle agression. Correto-Magret l'avait attaqué bille en tête : ses hommes avaient repéré le jeune Forman à la Lanterne. Qu'est-ce que c'était que cette histoire d'enquête à la gomme dans les foyers ?

— Tu crois qu'on n'est pas assez emmerdés pour nous foutre l'un de tes journaleux dans nos pattes ! avait lancé le flic excédé.

Ça s'était mal passé. Magret était un vieux pote. Une amitié née à une époque où tous deux brûlaient d'une passion qu'il croyaient indéfectible pour leurs métiers respectifs. Ça ne datait pas d'hier, mais même aujourd'hui, le pape aurait osé toucher à ses prérogatives de rédacteur en chef que Robert Bassot l'aurait tout aussi peu admis...

— D'abord, je fais ce que je veux. Ensuite, le droit à l'information ça existe...

— Ne charrie pas avec tes grands mots, pas à moi...

— Eh bien, si tu te démerdais un peu mieux, cette affaire ne serait pas en train de pourrir.

Energiquement ouvert, le débat avait ainsi duré une bonne dizaine de minutes. Nullement impressionné, le commissaire avait poursuivi sur sa lancée, répliqué que ce n'était pas avec des initiatives de ce genre que l'enquête allait avancer, bien au contraire.

— Imagine qu'ils découvrent tes petites combines, tu vois les dégâts ! Pour eux, du journaliste au flic, il n'y a pas des kilomètres. Tous ces mecs sont à cran, qu'est-ce que tu crois ? Et puis, c'est un môme, ton Forman, il va mettre les pieds dans le plat. Qu'est-ce qui t'a pris de l'embarquer dans un tel merdier ?

A l'autre bout du fil, Bassot s'était refusé à céder un pouce de terrain. D'autant qu'il n'était pas du tout certain que Magret ait réellement tort.

— Il m'a pris que c'est un bon, figure-toi !

Depuis le temps que je suis dans le métier, j'en ai vu défiler des stagiaires, et en cinquante lignes, je sais les reconnaître. Maintenant c'est encore pire, ce sont les rejetons de l'informatique, ils ont des têtes en cristaux liquides et les yeux en forme de curseur. Ils n'entrent plus dans mon bureau que pour discutailler ordinateurs et révolution des techniques. Ere digitale, microprocesseurs et images de synthèse... il n'y a plus que ça qui les intéresse, et moi, ça m'emmerde ! Tu leur parles info, ils te répondent logiciel ! Alors, quand je tiens un gamin non contaminé, qui rêve de terrain et d'enquête, et qui en plus écrit plutôt bien... excuse-moi, mais je ne vais pas le décourager !

— T'en profites, quoi ! C'est pour toi que..., avait vicieusement glissé Jules Correto.

Bassot avait explosé de plus belle :

— Le flic, le vrai flic sous le képi...

... Et chacun était resté sur ses positions.

Léger grattement contre la porte vitrée. Maintenant, les ennuis prenaient une tout autre orientation. Encore fallait-il être pessimiste comme Robert Bassot ce matin-là pour juger l'apparition qui se pointait comme une nouvelle tuile. Elle était ravissante, mignonne à croquer sous sa crinière de lionne blond roux. Légère et court-vêtue comme de bien entendu, le débardeur agressif sous un gilet noir satiné, elle semblait sortir tout droit d'un de ces dépliants de vacances qui vous font croire au paradis à vil prix. Tout ceci en couleurs vives et teint de pêche, ce qui contrastait d'autant plus avec la gravité d'une mine chagrine.

Le petit cœur, c'était visible, n'avait pas le moral. Elle se tenait raide dans ses chaussures de corde à lacets spartiates montant haut sur des chevilles fines et bien dessinées, semblait honteuse d'avoir osé venir jusque-là.

— Monsieur Bassot ?

Rien qu'à la voix tout de même, ça changeait de Magret...

— Oui.

— Je suis navrée de vous déranger, mais je suis une amie de Mathieu Forman, et...

Le rédacteur en chef traduisit immédiatement pour lui-même : l' « amie »... c'est bien ce qu'il pensait, ce petit con avait toutes les veines.

— ... Et je cherche à le joindre depuis plusieurs jours au téléphone sans y parvenir. Il travaille toujours au journal, n'est-ce pas ?

— Bien sûr.

Robert Bassot décrypta une lueur de soulagement dans les yeux bleus de la demoiselle, devina qu'elle avait dû déjà fouiller très loin dans ses soupçons. Elle releva sa mèche d'un geste vif, secoua joliment la tête.

— Parce que je suis seulement de passage au Havre pour la journée, alors je...

— Veuillez vous asseoir.

Bassot se leva avec embarras, chercha la chaise la moins encombrée... mais la jeune fille amorçait déjà un mouvement de retraite.

— Non, non, je ne veux pas vous déranger, je vais faire un tour et revenir, si vous me dites...

Le rédacteur en chef regarda sa montre.

— Théoriquement, il ne devrait pas tarder.

Forman passait chaque jour aux alentours de midi.

— Voulez-vous lui dire que Florence est là? Qu'il veuille bien m'attendre, je repasserai tout à l'heure.

Robert Bassot eut un élan du cœur. Il ne savait trop pourquoi, mais il avait envie que la jeune fille reste dans les parages. Histoire d'égayer sans doute sa sombre matinée...

— Vous pouvez rester à l'attendre ici, ce sera plus pratique pour vous... Tenez, il y a une pièce libre à côté — c'était le bureau de Bonnel, le rédacteur en chef adjoint actuellement en vacances —, vous n'avez qu'à vous y installer.

Elle accepta avec un sourire à paralyser un derviche tourneur. Robert Bassot la conduisit, lui offrit de prendre un café grâce à la machine à expressos qui trônait dans le couloir, tapa un stagiaire de trois pièces de un franc, ignora les regards gourmands des jeunes mâles en rut, et rafla quelques magazines pour faire passer le temps à la demoiselle. Il traîna encore quelques minutes en sa compagnie, mais le stock des banalités dont il avait fort peu l'usage s'étant épuisé, Bassot s'éclipsa à regret. Une fois revenu dans son fauteuil, il s'interrogea sur le désir trouble qu'il avait de tourner ainsi autour de la sémillante gamine. Il n'y avait pas là de quoi alerter les sexologues, mais ça lui filait en passant un petit coup de vieux. Robert Bassot se rembrunit. C'était vraiment une sale journée...

Un quart d'heure plus tard, Mathieu Forman fit une entrée supersonique dans la salle de rédaction. Sans même prendre le temps de balancer son casque sur son bureau, il fit irruption chez son rédacteur en chef avec le visage défait de l'estafette qui annonce que l'ennemi attaque et qu'on a oublié les fusils.

— Monsieur Bassot, cette fois, je suis sûr...

— Ce dont je suis sûr aussi, c'est qu'il y a une surprise pour vous.

La réplique était si inattendue que le stagiaire donna l'impression d'avoir heurté un mur.

— Mais...

— Et apparemment, c'est une bonne surprise. Elle s'appelle Florence.

Après le mur, c'était la bosse...

— Flo ! Mais qu'est-ce qu'elle fait ici ?

— Elle vous cherche, figurez-vous, et il n'y a pas de quoi se plaindre. Elle est dans le bureau de Bonnel, elle vous attend.

Le rédacteur en chef tendit le bras, comme pour congédier.

— Oui, merci, dit machinalement le jeune garçon en sortant.

Robert Bassot ne put faire autrement que d'entendre la suite. D'abord parce que les bureaux étaient séparés par des cloisons plus minces que des paravents japonais et ensuite parce que la dénommée Flo avait sur le cœur quelque amertume qui ne pouvait s'évacuer qu'à voix très haute.

— Qu'est-ce que j'ai ? Qu'est-ce que j'ai ? tonnait la jeune fille. J'ai que je t'appelle partout depuis lundi, que la nuit dernière j'ai téléphoné à ton studio toutes les demi-heures et que ça n'a jamais répondu, que j'y suis passé ce matin en arrivant, et qu'il est évident que tu n'y mets plus les pieds, que…

— Mais Flo, attends…

— Il y a que t'es un salaud, un mec dégueulasse…

Bassot sentit que les larmes se mêlaient à la colère.

— Mais, Flo, attends, je vais t'expliquer.

— Vas-y, explique. Où couches-tu, hein ? Et avec qui ?

— Dans un foyer, à la Lanterne…

— Quoi ?

Le rire qui suivit fut l'expression même de la douleur. La petite avait espéré jusqu'au dernier moment une explication plausible et miraculeuse, et le fourbe lui servait un truc invraisemblable.

— Oui, c'est pour une enquête, pour le journal…

— Et, en plus, tu me prends pour une conne !

— Ce n'est pas vrai ! Et pourtant, il y aurait de quoi, j'te jure !

Révolté par l'injustice féminine, Forman piquait sa crise à son tour. Robert Bassot se leva. Il devait voler au secours de son stagiaire préféré. Sa fiancée était une vraie lionne et le malheureux se défendait comme un manche. Il allait être transformé en charpie.

Le rédacteur en chef entra sans frapper dans le bureau de Bonnel. A la vue de l'étranger, la jeune fille se détourna aussitôt, mais Bassot eut le temps d'entrevoir un joli minois en pleurs.

— Pardonnez-moi d'intervenir, commença-t-il,

plutôt gêné, mais on entend tout de l'autre côté. Je voulais simplement vous dire, mademoiselle, que Mathieu ne ment pas. C'est la vérité, il dort bien dans ce foyer pour les besoins d'une enquête.

— Tu vois, murmura Forman.

Il s'approcha de Florence, lui mit un bras câlin autour des épaules. Mais elle s'obstina à vouloir se cacher.

— Alors, poursuivit Bassot en souriant, si vous cherchez un responsable, c'est moi. Je suis prêt à recevoir vos reproches. Et franchement, j'ai eu des tâches moins agréables dans ma pauvre carrière.

Elle consentit à le regarder et sourit à son tour. Le Rimmel dégoulinait, lui faisait des yeux de cocker triste.

— Je suis navrée...

Comme dans les romans de gare, Bassot sortit un paquet de Kleenex de sa poche et le lui tendit.

La jeune fille sécha ses larmes et répéta :

— Je suis navrée, je ne voulais pas faire de scandale ici. J'ai un peu honte.

Elle était adorable. Et l'autre grand escogriffe qui ne bougeait pas... Le rédacteur en chef se sentit l'âme paternelle :

— Allez faire un tour, tous les deux. Et vous, Forman, expliquez-lui votre cirque en détail. On se verra après.

— Avant, monsieur Bassot. Il faut que je vous voie avant.

— Ça peut attendre un peu...

— Non. C'est trop important. J'ai du nouveau pour les Roumains.

— Bien, soupira le rédacteur en chef, je vous attends dans mon bureau.

Il les laissa, revint dans sa pièce, entendit à travers la cloison que Forman donnait rendez-vous à la jeune fille dans son studio. Il promettait de la rejoindre au plus vite. Bassot luttait âprement pour ne pas se laisser emporter par son imagination lorsque Flo passa devant sa porte ouverte dans un frou-frou ressuscité, s'arrêta une demi-seconde pour lui envoyer un joyeux au revoir. Elle était réconciliée avec elle-même, avec Mathieu, avec la vie...

Le stagiaire entra dans le bureau. Il avait la mine grave et déterminée.

— C'est vraiment important, monsieur Bassot.

17

Mathieu retrouva son scooter avec un attachement de vieux complice. Depuis qu'il s'était fait rafistoler, le tas de ferraille ne rechignait plus à la besogne. C'est tout juste s'il ne se l'imaginait pas chevauchant avec plaisir et à vitesse réduite au pays de l'embrouille. Mais il ne suffisait plus d'abattre des kilomètres pour faire avancer le Schmilblick, il fallait de l'imagination, du sang-froid et de l'intelligence. Et pas dans un mois, pas dans une semaine. Ça ne pouvait même pas attendre demain ! C'était ce soir, dans deux, trois heures au plus, qu'il devait trouver la solution. Mathieu embraya avec une brutalité inaccoutumée. Il se sentait le QI à zéro.

Forman tentait de comprendre la réaction de son rédacteur en chef. Avec plus de sang-froid que lors de sa première désillusion. Il lui avait tout balancé, tout livré, depuis les flics jusqu'à la voiture diplomatique, en passant par les quatre Roumains supplémentaires… Et plus il s'était avancé dans les détails, plus Robert Bassot avait paru prendre ses distances.

— Je suis tombé sur un drôle de truc, et ça sent la magouille à plein nez, lui avait affirmé le stagiaire. Il se prépare un nouveau départ et je ne voudrais pas le rater. Seulement, pour ça, il me faut encore un peu de temps.

La réponse avait été négative. Un non catégorique. Et comme le journaliste insistait, Bassot s'était brutalement mis en rogne, avait levé ses bras en direction des vieilles « une » qui ornaient les murs.

— Nous ne sommes plus au temps de Kessel et d'Albert Londres, mon jeune ami. On ne peut pas vous lâcher dans la nature pendant des semaines, histoire de faire un bon papier. C'est fini ça !

Mathieu Forman doutait que le journal local ait eu un jour son Kessel et son Albert Londres, mais quand il avait demandé à Bassot pourquoi il tenait tant à le voir rentrer au bercail, le rédacteur en chef n'avait pas lésiné sur la mauvaise foi :

— Parce qu'il y a du boulot, tiens, cette bonne blague ! Cela fait une semaine que l'on tourne avec un élément en moins, et le week-end s'annonce chargé. C'est toujours comme ça après le 15 août. Sitôt rentrés de vacances, il y a des gens qui sont pressés de nous emmerder. D'ailleurs, vous n'aurez qu'à jeter un œil sur le tableau !

C'est ce que Forman avait fait. Pas moins de quatre services lui étaient affectés pour le lendemain. Des broutilles qui allaient lui bouffer son emploi du temps. Tandis que trois autres stagiaires, suprême faveur, se retrouvaient avec un week-end de repos complet.

Plus étonnant encore, Bassot avait tenté de dissuader son stagiaire de retourner au foyer. Une nuit de plus ou de moins, qu'est-ce que cela pouvait faire ? Il ne se passerait rien. Et en mettant un peu de sauce avec tous les éléments dont il disposait, en les recoupant avec l'enquête policière, il avait de quoi faire un excellent papelard.

— Et puis, avait ajouté le rédacteur en chef avec un brin de vulgarité dans l'expression qui lui avait déplu, quand on a une Florence qui vous attend chez soi, on ne couche pas dans un trou à rats. Ou alors, c'est qu'on est malade !

Il tombait mal, car Flo n'avait pas pu rester, justement. Elle était de permanence ce soir à la télé, et sa petite voiture roulait actuellement sur l'autoroute de l'Ouest. Heureusement d'ailleurs, car, de tous les éléments dissuasifs dont avait usé et abusé Bassot, c'était bien le seul qui l'aurait arrêté.

Mathieu Forman se fendit d'un large sourire sous son casque. Il sortait de trois heures volcaniques. La débauche absolue. Soucieuse de se faire pardonner son éclat, Flo s'était métamorphosée en bombe sexuelle.

— Il y a peut-être une femme parmi tes immigrés du foyer, avait-elle prévenu en balançant ses voiles d'été aux quatre coins de la pièce, une tsigane de feu, du genre à te faire les lignes de la main et peut-être même autre chose, mais je vais te montrer, moi, ce dont une fille du Grand Nord est capable quand on la provoque...

Et elle avait tenu ses promesses.

Ils s'étaient amusés comme des fous, n'avaient pas vu passer l'après-midi. Mais la tristesse s'était réinstallée au moment du départ. Flo n'allait pas très bien, c'était même la raison de son égarement. Son stage télé était lamentable, elle s'y ennuyait mortellement et enrageait de perdre son temps. Mathieu avait proposé qu'elle laisse tout tomber et vienne le rejoindre.

— J'ai été assez ridicule comme ça, avait-elle répondu. Et maintenant, je sais comment m'y prendre pour me faire désirer. Je coupe ma ligne de téléphone.

Mathieu la revit folâtrer sur le lit, superbe et impudique. Elle avait des attaches fines, des poignets d'enfant, et un corps de femme épanouie qui ne cessait de l'émouvoir. Il éclata soudain de rire : une tsigane de feu !... Il se souvint de Gina et de son parfum de camionneur. Il avait un instant voulu tout raconter à Flo, lui dire comment il avait failli être violé par une prostituée. Mais il s'était retenu in extremis. C'était déjà assez le bordel...

Maintenant, Mathieu Forman disposait d'un peu de temps devant lui avant de rentrer à la Lanterne. Il appréhendait d'y remettre les pieds, pas pour le cadre ou l'ambiance, mais parce que c'était la dernière soirée, qu'il la voulait décisive, qu'il lui était défendu de la rater. Bassot l'obligeait à faire le forcing. Oui, mais comment ? En s'attablant aux côtés des Roumains et en engageant la conversation ? Il avait autant de chances d'aboutir que de sonner à la porte de l'Elysée pour obtenir une interview. Et pourtant, c'est sans doute ainsi qu'il allait s'y prendre, il ne voyait pas d'autre solution. Salut les gars, c'est moi, on cause... Il en était malade.

Tout en cherchant désespérément une solution, Mathieu décida de revenir au foyer par la zone portuaire, de suivre l'itinéraire du matin. Il n'avait pas eu le temps de prendre de notes, désirait se remettre chaque détail en mémoire, et sait-on jamais, peut-être trouverait-il l'inspiration en remettant ses pas dans le décor...

Ce n'était pas d'une folle gaieté. Dans la journée, la rue des Chantiers n'avait déjà rien de Broadway, mais passé dix-neuf heures, c'était la campagne. Sans la verdure. Les bêtes de somme rentraient direct au bercail, pour ne plus décoller de la télé, et les derniers incorruptibles traînaient au comptoir, comptaient le temps en nombre de tournées. Encore que les bistrots ne soient pas légion dans la toundra de l'est. Ils se regroupaient à deux ou trois, aux abords des zones habitées, faisaient plat du jour le midi et pastis en soirée. Ça donnait un peu de lumière au-dehors et un peu de bonheur au fond des verres... Mais pour le reste, les rues serpentaient dans de longues zones désertiques, traversaient des masses d'ombre aussi lugubres que des cimetières. Il y avait là des dépôts, des entrepôts, des usines en ruine et des chantiers à venir. C'était la banlieue du port, parquée, confinée dans son coin obscur.

Mathieu n'était pas d'humeur à goûter aux beautés de la poésie ouvrière. Il trouvait le quartier d'un sinistre à faire frémir, et dans la longue ligne droite qui remontait vers les Champs-Barets, râla contre cette fin du mois d'août qui annonçait déjà le toboggan de l'automne. Du côté de Troyes, l'été se retirait poliment et en douceur.

Ici, il claquait la lourde sans prévenir. Du jour au lendemain, l'air s'était agité et avait viré l'affolante canicule. « C'est le climat océanique, lui avait confié le " marinier " du canard, maintenant, ça va changer tout le temps. » Mathieu avait enfin pensé à troquer son blouson en jean contre un cuir. Il avait bien fait. Le ciel s'essorait comme un torchon humide, laissant tomber une petite bruine acérée qui assombrissait encore le crépuscule. Dans quinze jours, pensa-t-il, basta ! Quinze jours de vacances au soleil, et avec Flo…

La voiture stationnait sagement le long du trottoir, à hauteur de la cité Chauvin, et le chauffeur avait déjà allumé ses veilleuses pour affronter l'agonie du jour. Forman n'y prêta pas attention, s'écarta simplement de sa trajectoire pour frôler l'obstacle, et ce n'est qu'au moment de doubler que ses yeux rencontrèrent la plaque minéralogique verte et les deux lettres CD qui, depuis ce matin, lui gangrenaient l'esprit. Tétanisé, le stagiaire poursuivit néanmoins sa route. Il se tint raide sur son scooter, résistant à l'envie folle de se retourner, de ralentir, de faire demi-tour. Dans la seconde qui suivit, il craignit qu'ils ne soient là pour lui, qu'ils ne l'attendent, épiant son passage. Mais c'était idiot, comment auraient-ils pu seulement connaître son existence ? Mathieu réfléchissait à une vitesse folle, son cerveau s'emballait, alignait une somme de déductions incroyable, et, dans le même temps, il voyait défiler l'asphalte sous ses pieds, mètre après mètre. Bientôt, il n'apercevrait plus dans son rétroviseur que les deux lueurs blanches des phares. S'arrêter, s'arrêter, dans le plus petit recoin, le premier renfoncement. Et s'accrocher à eux, se cramponner, ne plus les lâcher, surtout ne plus les lâcher. Il profita d'un bateau et, sans ralentir, monta sur le trottoir, frôla un mur sur quatre ou cinq mètres avant de cogner son guidon contre une palissade de bois. Il y avait, légèrement en retrait et délimitée par deux bornes de ciment, une grande grille d'entrée derrière laquelle, dans une cour, s'entassaient des centaines de cuves et de bidons. Toujours aussi fébrile, le journaliste maîtrisa mal son scooter, fit riper le bas contre le panneau métallique avec un bruit qui lui parut énorme. Sans couper son moteur, il s'arrêta enfin, s'accrocha de la main droite à la grille, releva la visière de son casque et, buste à demi tourné vers la rue, ne quitta plus des yeux la grosse voiture noire toujours immobilisée le long du trottoir, aussi mystérieuse qu'un vaisseau fantôme. Il était à cinquante mètres, pas plus...

Et maintenant ? s'interrogea le stagiaire. Dans le vertige des questions qui l'assaillaient depuis trente secondes, une certitude s'enracina enfin en lui. La bagnole était garée rue des Chantiers, à moins de cinq cents mètres de la Lanterne, et ce n'était évidemment pas le fait du hasard. Mais qu'attendaient-ils ? Les quatre Roumains, les derniers arrivés. Pour les embarquer juste avant la fermeture du foyer, et les mener à leur conteneur ? Forman se souvint du journal : le *Canmar Triumph* devait être à quai. Pour appareiller sous quarante-huit heures.

Il regarda devant lui, droit devant lui, s'attendant à voir surgir les futurs passagers clandestins. Si tel était le cas, il allait devoir se remuer, changer de planque pour qu'ils ne déboulent pas sur lui. Le seul moyen, c'était de se replacer derrière la voiture. Voilà ce qu'il allait faire : continuer sa route sur une centaine de mètres, puis faire demi-tour, revenir en sens inverse, et se poster de l'autre côté. Après tout, des scooters, il y en avait plus d'un dans la ville… A moins qu'il ne soient en train de l'épier, comme lui-même le faisait.

Mathieu Forman détourna brusquement la tête. La voiture fantôme prenait vie. Une première portière s'était ouverte et un type avait jailli, qui courait maintenant comme un dératé au beau milieu de la chaussée. Derrière, deux autres portières s'ouvrirent à leur tour, et deux autres hommes sortirent. Ils crièrent, et, sans rien comprendre à ce qu'il entendait, rien qu'au son des gueulantes le journaliste comprit qu'ils s'en prenaient au fuyard, qu'ils l'insultaient, lui intimaient l'ordre d'arrêter. Mais le fugitif fonçait droit devant lui, sans se retourner, la tête rentrée dans les épaules. Tout en continuant de gueuler, les autres amorcèrent la poursuite. Mathieu entendit un bruit mat, très détaché, qui n'avait rien à voir avec le vacarme ambiant. Il mit un quart de seconde avant de comprendre qu'il s'agissait d'une détonation, que les deux poursuivants tentaient d'abattre celui qui leur échappait. Un second coup de feu retentit, et, presque aussitôt, un troisième. Au même instant, Forman reconnut le fuyard : c'était le Roumain de la Lanterne, le vétéran à la sale gueule. Cette révélation lui fit l'effet d'un électrochoc, l'arracha à la torpeur stupéfaite qui le paralysait jusque-là, le cantonnant dans un rôle de témoin passif. Il braqua son scooter à gauche toute, dévala le trottoir et piqua droit sur le Roumain. Interloqués par cette apparition surgie de nulle part, les deux autres s'arrêtèrent net, et Forman vit qu'ils rebroussaient chemin, qu'ils rejoignaient leur voiture à toute vitesse. Mathieu arriva sur le Roumain presque de face et si brutalement qu'il faillit le heurter. Il opéra un demi-tour sur place, chassa complètement de la roue arrière.

— Monte, hurla-t-il, monte !

Le Roumain hésitait. Il continua à courir sans le regarder et Forman dut repartir pour revenir à sa hauteur.

— Grouille-toi, merde !

Haletant, l'homme tourna son visage vers lui. Il grimaçait, et ce rictus secouait ses traits, les rendait élastiques.

— Vite !

Ses yeux le fixèrent, formidablement agrandis par la peur.

Derrière, les deux hommes montaient dans la caisse. Les portières claquèrent avec violence.

Le Roumain se décida enfin, enfourcha le scooter, sauta sur le siège avec une souplesse de gymnaste. Mathieu Forman mit les gaz à fond, entendit la voiture qui démarrait dans un crissement de pneus qui l'affola. Il n'avait pas l'ombre d'une chance, pas plus que ce matin.

— A droite, souffla le Roumain, à droite tout de suite.

La bouche collée à l'oreille du journaliste, il respirait par fortes saccades, les deux mains agrippées à ses épaules.

Mathieu faillit rater la ruelle, buta contre la bordure du trottoir, rétablit in extremis son deux-roues.

— A gauche, maintenant.

Nouvelle ruelle. Le scooter déboucha sur une petite place biscornue, bordée de maisons basses, de baraquements aux toits goudronnés, tous cernés par des clôtures. Forman freina légèrement. Une demi-douzaine de personnes regroupées sous un auvent, dans un petit jardinet, s'arrêtèrent de discuter pour les regarder passer.

— Tout droit, là, celle-là ! cria le Roumain en tendant la main.

Le journaliste accéléra prudemment. Il roulait maintenant sur un sentier de terre tortueux, pourri et cahoteux. Un cauchemar qui emplissait Mathieu de bonheur. Avec leur grosse bagnole, les autres n'avaient aucun moyen de passer, ils étaient coincés.

— Où est-ce qu'on est ? demanda-t-il, en renversant la tête vers l'arrière.

— Cité Chauvin. Ne pourront pas nous avoir.

Forman approuva de la tête. Il prit soudain conscience que le Roumain s'exprimait en français. Il semblait connaître le coin comme sa poche, le guidait sans la moindre hésitation dans un labyrinthe de chemins défoncés, bordés de baraques miteuses. Ils traversèrent une sorte de terrain vague dégueulasse, se secouèrent les tripes entre creux et bosses. Mathieu craignait à chaque instant de crever, évitait de justesse des montagnes de détritus, des morceaux de métal et des bouteilles brisées. Plus il roulait, et plus le décor s'appauvrissait : la cité Chauvin, c'était une relique du passé, l'ancien refuge des travailleurs italiens, espagnols et polonais. Avec le temps, une partie du bidonville s'était installée dans ses meubles, avait fini par former un vrai quartier. Mais aux confins de la cité, il y avait un autre campement de misère. Le bidonville du bidonville. Mathieu Forman vit défiler des roulottes déglinguées, de vieux wagons rouillés, des dizaines et des dizaines de carcasses de voitures. C'était un bric-à-brac hallucinant, un univers de tôles et d'épaves de toutes sortes, entrecoupé de monceaux d'ordures... Le stagiaire repéra des lumières, des signes d'existence. Il y avait des gens là-dedans, des taupes à la vie rampante.

— La Médina, annonça le Roumain.

Il était en terrain familier. Le journaliste embrassa du regard le capharnaüm sordide et comprit. Les illégaux, les sans-papiers ou les récidivistes, c'est dans de tels bas-fonds qu'ils se planquaient. Les flics pouvaient toujours guetter le meurtrier de Borel à la Lanterne ou à l'Armée du Salut...

Il ralentit.

— Pas ici, dit le Roumain... me retrouveraient tout de suite. Ils savent... passent par le boulevard Durand... (Il bouffait la plupart des pronoms personnels, et son accent tambourinait sur les *r*.)

— Pourquoi veulent-ils vous tuer ?

— Merci, répondit simplement le Roumain.

Forman comprit sa faute. Il était trop pressé.

— Vous savez où aller ?

La Lanterne, ce n'était même pas la peine d'en parler.

— Non.

— Vous allez d'abord nous sortir de ce merdier, décida Mathieu, après on verra.

C'était tout vu. Il tenait son Roumain et n'était pas décidé à le lâcher.

18

Dix minutes après le départ de Forman, Robert Bassot avait téléphoné au commissaire Correto. Peut-être n'y aurait-il pas pensé s'il n'avait eu cet accrochage avec lui moins de deux heures auparavant. Peut-être que si, après tout... Après le récit du gosse, il avait ressenti l'impérieux besoin de parler à quelqu'un, et Correto était le plus qualifié pour l'entendre.

Plus encore que le récit, c'est l'enthousiasme de Mathieu Forman qui l'avait alerté. Il grimpait aux rideaux, faisait des galipettes dans sa tête, persuadé d'avoir mis le doigt sur une affaire du tonnerre. Bassot n'était pas loin de le penser également, et c'est bien ce qui le préoccupait. Mathieu était aux anges, il flairait son premier scoop avec l'entêtement d'un fox-terrier, sans se préoccuper du reste, sans craindre de se faire mordre le museau. Mais le rédacteur en chef réfléchissait pour lui. Passé cinquante balais, on a tendance à se poser plus en douceur. Et comme disait Machin, l'expérience, c'est ce qui sert quand on n'a plus rien d'autre. N'empêche, cette histoire de rendez-vous mystérieux, de bagnole du corps diplomatique, ne lui plaisait pas. On ne boxait plus dans la même catégorie. Amateurs contre pros, bobo... Et depuis, il n'avait cessé de penser à son engueulade avec Magret. A deux reprises, le flic lui avait répété qu'il ferait bien de ne pas oublier qu'il y avait eu meurtre et que le meurtrier était toujours dans la nature. C'est cette phrase qui lui tournait dans la tête, et même s'il n'en avait rien dit à Forman, il n'avait plus cessé d'y penser. C'est pour cette raison qu'il s'était décidé à appeler Corretto. Pour lui demander s'il savait où son journaliste mettait les pieds.

Corretto-Magret eut le tact de ne pas triompher, de ne pas assimiler la démarche de son copain à un petit Canossa. Il connaissait assez l'orgueilleux Bassot pour juger le sacrifice à sa juste valeur, savait également qu'il n'était pas homme à paniquer sans raison. Enfin, les quelques révélations lâchées au bout du fil l'avaient bougrement intéressé.

— Le mieux serait peut-être de discuter de tout cela autour d'un bon plat, proposa-t-il. On ne se voit plus jamais. C'est une bonne occase...

Rendez-vous avait été pris pour le soir même.

Dès qu'il eut un pied dans le restaurant, Corretto arbora une mine sombre et méfiante. Le décor, lourdement rococo, à dominante grenat et tout à l'épate, le révulsait d'entrée. Sous le plafond en coupole ciselée, c'était plein de dorures et de tentures, tamisé à souhait. La caverne du duc de Morny...

Le commissaire grogna :

— On va devoir bouffer avec une lampe de poche.

— Bah ! attends. Ce n'est peut-être pas mal, protesta mollement Robert Bassot. (Ce n'était pas non plus son style.)

— Faux chicos et compagnie. Ça m'apprendra à écouter l'autre con. On aurait mieux fait d'aller chez Odette.

Quelques jours auparavant, il avait entendu un inspecteur se répandre en louanges sur l'établissement. C'était tout près de chez lui, dans le quartier du Perrey, l'ancien havre des marins-pêcheurs. Aujourd'hui, il n'y avait plus un seul filet qui séchait sur les murs. On se demandait même comment il pouvait y avoir des pêcheurs, et encore plus quelque chose à pêcher en baie de Seine.

Les verres étaient en pur cristal, et les couverts en argent massif pesaient bien dans la main. Mais la carrure du flic s'accommoda mal du siège au dossier étroit, et la table ronde était manifestement conçue pour favoriser les tendres tête-à-tête. L'arrivée de la patronne tempéra quelque peu la mauvaise humeur de Jules. C'était une belle femme, solidement ancrée dans la quarantaine, et qui en profitait pleinement. Tailleur discrètement décolleté, juste ce qu'il fallait quand elle se penchait sur la clientèle, silhouette Coco Chanel en un peu plus enveloppée, port de tête racé, regard avenant, mais sans promesses inconvenantes... Le genre qui plaisait à Correto. La carte rompit l'embellie. La méfiance du rouspéteur redoubla :

c'était une œuvre d'art, plus enluminée qu'un vieux grimoire.

— T'as vu, il y a du magret, annonça Bassot.

— Est-ce que tu as déjà pris un tournedos Rossini dans un fast-food, toi ?

— Arrête un peu, tu veux, rigola le rédacteur en chef, ça va être super.

Et il commanda deux doubles bourbons secs pour détendre l'atmosphère.

Ce fut convenable. Malgré tous ses efforts, Jules Correto n'eut pas à se plaindre de sa raie aux câpres, Robert Bassot se régala d'une spécialité maison, le gigot à l'oseille, et le sancerre rouge sortait d'une bonne cave. La patronne, décidément fort aimable, ne semblait vouloir s'occuper que de leur table, minaudait sans cesse aux alentours et, pour se faire pardonner une attente qui n'avait pas été démente, proposa en fin de repas d'offrir les digestifs. Les deux amis n'eurent pas la vanité de croire à leur séduction d'hommes mûrs auprès de l'accorte tenancière et préférèrent penser que quelqu'un dans la salle lui avait révélé qui ils étaient. Mais, dans cette pénombre d'alcôve, on ne distinguait que des ombres…

Ils choisirent deux autres bourbons secs.

Jules Correto s'était détendu. Le journaliste le sentait heureux de cette rencontre, et c'était réciproque. C'est vrai qu'après une bonne douzaine d'années de terrain commun, ils ne se voyaient pratiquement plus. Une fois par an à coup sûr, au grand bal de la police où tous deux s'emmerdaient ferme à la table d'honneur du sous-préfet, et au hasard d'une manifestation officielle ou d'un ruban d'inauguration à couper. Rituellement, le commissaire faisait également porter dix carnets de tombola au profit des orphelins de la police que le rédacteur en chef achetait. Dépense qu'il portait sur sa note de frais. Aussi, cette affaire de clandestins roumains leur apparaissait-elle comme des retrouvailles, surtout qu'elle portait en son cœur la figure défunte d'Henri Borel, un ami commun.

Ils parlèrent donc longuement d'Henri, jusqu'au moment ou Robert Bassot, sachant que le flic n'aborderait pas le sujet en premier, se décida à mettre le « petit » Forman sur la table.

— C'est un bon, tu sais.

— J'avais remarqué, répliqua simplement Correto.

— Au début, ça m'a paru pas trop méchant. Il a suivi ses Roumains du foyer et les a vus se faire embarquer dans une bagnole, un vieux break Peugeot pourri, avec un vieux au volant… attends, il m'a filé le numéro…

Il commençait à fouiller dans ses poches.

— Ce n'est pas la peine : 1289 EM 76. Et le vieux, c'est Cavaneau.

Le journaliste avait la tête du hurdler qui vient de trébucher sur sa première haie.

— Cavaneau… tu veux dire Raoul Cavaneau ? Celui des Amitiés franco-roumaines ?

— C'est lui.

— Bah merde ! Il avait complètement disparu, celui-là !

Jules Correto décrivit brièvement la séquence

villa les Lierres et l'état de décrépitude du propriétaire des lieux.

— Bah merde ! répéta Bassot. Je n'en reviens pas. Ce qu'il a pu nous faire chier celui-là ! Il avait des appuis partout, et avec les cocos à la mairie, c'était le bouquet ! Fallait parler sans arrêt de lui et de son organisation ! Remarque bien qu'il se démenait, l'animal, mais il n'était jamais content. Un jour, j'en ai eu tellement marre de l'entendre baver que je l'ai sacqué de mon bureau. C'est tout juste s'il ne m'a pas promis les mines de sel. Comme quoi..., conclut-il pensivement. Mais tu penses qu'il est dans le coup de Borel ?

Le flic haussa les épaules, joignit ses lèvres en une moue sceptique :

— Il n'y a rien qui le prouve... mais continue ton histoire.

— Tu crois que c'est la peine ? J'ai l'impression que tu en sais plus que moi sur mon gars.

Bassot était un peu perdu. Les révélations sur Cavaneau lui avaient un peu scié le moral.

— Ça n'a rien à voir. Je te jure, les aventures de Super-Forman m'intéressent.

— Rigole pas...

Le journaliste déballa tout, n'omit aucun détail, y compris ses propres états d'âme. Il avait l'impression, mais peut-être n'était-ce qu'une impression, que cette enquête emmenait le petit trop loin. Il fonçait dans le brouillard, et ça lui faisait mal au cœur d'avoir à le freiner. Mais les derniers éléments de ce matin lui fichaient un peu la trouille. Après tout, Forman n'était pas un professionnel, ce n'était qu'un stagiaire de vacances destiné à boucher les trous, à faire trente lignes de légende sous une photo ou à signer un compte rendu de locale.

— En gros, conclut le rédacteur en chef, je me sens des responsabilités. Je flaire quelque chose qui sent mauvais, et je voudrais bien que tu me dises ce que tu en penses.

— Une voiture du corps diplomatique, tu dis ?

— C'est lui qui le dit.

Jules Correto poussa un long soupir, rejeta le torse en arrière, les deux mains appuyées sur la nappe.

— Ils doivent bien avoir des havanes ici.

La patronne présenta la boîte à humidificateur. Elle avait de jolies mains discrètement baguées, et des ongles effilés, très soignés, colorés d'un gris pâle qui allait bien avec le tailleur bleuté. Le commissaire avança la main tandis qu'elle se penchait pour ouvrir la boîte, et ses doigts frôlèrent la chevelure qui tombait en cascade.

— Pardonnez-moi, dit Correto.

Robert Bassot avait noté le petit jeu hypocrite. Au Central où, comme à la rédaction, les affaires de cul faisaient partie du folklore, le commissaire avait toujours eu une grosse réputation de séducteur involontaire, embarqué dans des galères sentimentales mouvementées qui le dépassaient. Mais le journaliste n'en croyait rien, et la femme de Correto ne l'avait pas cru non plus. Cela faisait près de dix ans maintenant qu'elle avait fait ses valises. Bassot se souvint de ce qu'avait dit un jour Borel à propos de son copain : « Il ne parle jamais des femmes. Dès qu'on déconne sur le sujet, il se tire. Par contre, il aime bien y toucher... »

La patronne releva lentement ses mèches brunes. Son sourire prouvait qu'elle pardonnait volontiers.

Le patron de la Criminelle choisit un Monte-Cristo n° 4 qu'il prépara avec un soin méticuleux. Bassot attendit patiemment. Il ne fumait plus depuis trois ans. La manie du flic, pensa le journaliste, il me fait mijoter.

Correto pompa deux longues bouffées, rejeta la fumée avec une mine de dégustateur, retourna le cigare pour vérifier s'il était convenablement allumé.

— Je ne vais pas te raconter d'histoires, vieux. D'autant que ton petit Forman, il apporte de l'eau à mon moulin, il confirme un peu ce que je pense depuis le début.

— C'est-à-dire ?

— Attends un peu, je ne suis sûr de rien. Question de pif, comme toi avec ton poulain... Plus quelques indices aussi, mais c'est bordélique, et tu me connais assez pour savoir que je n'aime pas beaucoup étaler mes salades quand il n'y a pas d'ordre.

Bassot se souvenait. Les tuyaux de Correto sur une enquête, c'était du cent pour cent garanti pure preuve. Ou alors, fallait attendre.

— ... Mais là, c'est un peu particulier...

— Oui, confirma prestement le journaliste. (Il s'impatientait.)

En fait, la théorie du policier était claire et simple à comprendre. La confusion venait du fait que son intuition avait fait le plein, qu'elle tournait en rond et qu'elle avait besoin pour s'épanouir d'un élément concret, solide.

— Ce que je pense, disait Jules Correto, c'est que le clandé qui a refroidi Henri n'est pas à mettre dans la même charrette que les autres.

A l'appui de son raisonnement, il évoqua longuement les témoignages des hommes de Borel, les témoins du crime :

— Ces types sont des experts. Et leur avis compte en priorité. Depuis des mois, ils ramassent de pauvres bougres totalement à la dérive. C'est un boulot peinard. A aucun moment ils ne se sont sentis en danger, et c'est si vrai qu'ils ne jouissent d'aucune protection spéciale. Henri m'en avait parlé quelques jours avant sa mort. Mais tous sont absolument formels : cette nuit-là, le mec ne ressemblait pas aux autres. D'abord, il était seul, ce qui n'arrive jamais. Ensuite, il pétait la forme, et quand il est sorti de sa boîte, il n'avait l'air ni de paniquer ni de pleurnicher. Il y en a même un, le dénommé Agostinho, je crois, qui m'a dit : « On avait l'impression qu'il se croyait protégé, comme quelqu'un qui ne courait aucun danger... »

Bassot l'interrompit :

— Agostinho, ce n'est pas le premier qui s'est bagarré avec lui ?

— C'est ça. Un abruti. Mais précieux. Pour lui, le clandé a réagi dès qu'il a compris son erreur, qu'il a senti qu'il allait se faire embarquer.

— Tu ne crois donc pas au réflexe irraisonné, au coup de folie du lascar à côté de ses pompes ?

Jules Correto eut une moue significative, agita en rythme sa tête de droite à gauche.

— Je ne peux pas y croire. Moursault était un peu comme moi.

— Qui est-ce déjà ?

Ce nom disait quelque chose à Bassot, mais il ne parvenait pas à le situer.

— Le nouveau patron de l'Air et des frontières.

— Ah oui ! C'est vrai. (Il l'avait lu à plusieurs reprises dans les papiers de Forman.) Au fait, ils ne vont pas changer de nom, eux ? La Di quelque chose...

— La Diccilec, compléta le flic avec un sourire narquois : Direction centrale de l'immigration et de la lutte contre l'emploi des clandestins. Tu aurais vu la gueule des types de la PAF quand ils ont reçu la circulaire ! Un vrai plaisir...

— Surtout que, pour ce qui est des entreprises du coin qui emploient des clandestins, il y a du boulot.

— Et du beau monde !

— Excuse-moi, je t'ai arrêté...

Le rédacteur en chef craignait de voir son copain sortir de ses rails.

— Ouais, reprit Correto. Je te disais qu'au départ, Moursault pensait un peu comme moi. Et puis il est revenu à l'hypothèse la plus pratique, la plus rassurante aussi : celle du gus qui perd les pédales, du coup de sang, et pourtant...

— Pourtant ?

— Si c'était le cas, on aurait mis la main dessus depuis longtemps. Il se serait fait cueillir en deux temps trois mouvements. Car, il ne faut pas croire qu'on est restés les bras croisés ! On a ratissé large, et pas seulement chez les Roumains ! Crois-moi, Moursault et ses hommes connaissent leur affaire... Mais rien, le meurtrier reste introuvable. Aucune trace. Volatilisé...

— Et tu en conclus quoi ?

— Qu'il ne figure pas dans la filière ordinaire, dans le réseau des pauvres bougres, des bestiaux de l'immigration clandestine. Lui, c'est autre chose. Un régime spécial, si tu veux. Mais quoi et comment ? Alors là...

Pensif, Jules Correto fit rouler le havane entre ses doigts, se rendit compte qu'il s'était éteint.

— Pas normal, bougonna-t-il.

Il gratta la mauvaise cendre avec une allumette, ralluma son cigare.

Robert Bassot reposa son verre. Le bourbon était excellent. Il relança la conversation :

— Justement, Forman m'a raconté un truc qui l'a étonné. Et je t'avoue que ça m'étonne aussi.

— Oui ?

— Apparemment, la police surveille la Lanterne, mais les Roumains font leurs petites affaires sans être inquiétés le moins du monde.

— C'est mon choix. Ou bien on tape dans le tas, comme dans une manif, ou bien on cible le mec qui fout le bordel...

— T'as de ces formules !

— Non, sans blague, c'est comme pour Cavaneau, on tend le filet, mais on ne va pas plus loin. On n'a pas attendu ton Rouletabille, figure-toi ! Ces Roumains-là, ceux qui sont en règle, qui dorment dans les foyers, et qui se préparent à se faire la belle dans les caisses, Moursault s'en est occupé dès le départ. A chacun son job, c'est son secteur, il le connaît par cœur et je ne vais rien lui apprendre... Surtout que je m'en fous un peu de ses clandestins! Ils ne m'intéressent que dans la mesure où ils peuvent me conduire à l'enfoiré qui a poignardé Henri. Alors, on les a à l'œil, mais on leur laisse la bride sur le cou. Que la bande à Moursault les arrête, qu'elle les relâche, qu'ils se fassent piquer dans leurs boîtes, qu'ils réussissent à partir ou pas, ce n'est pas mon problème. Moi, je préfère les laisser dans la nature, je me dis aussi qu'ils peuvent me mener jusqu'à celui que je recherche...

— Mais tu me dis qu'il n'est sans doute pas dans le même réseau? s'étonna Bassot.

— Mais il est roumain... On ne sait jamais, s'il a besoin d'aide, il la cherchera obligatoirement auprès de ses compatriotes. Alors, j'attends.

— Qu'est-ce qu'il dit de ça, Moursault?

— On n'est pas sur la même longueur d'onde.

Jules Corretto poussa son verre sur le côté de la nappe, posa ses deux coudes sur la table et, menton au creux de ses mains, confia sur le ton de la confidence :

— Je vais te dire, tout ce cirque me dépasse. Je n'y retrouve plus mes repères. Ce n'est plus un problème de délinquance. Il n'est pas question de flics, de voyous, du bien, du mal, ni même de la société à protéger. Ces mecs ne voyagent pas pour le plaisir, ils fuient pour ne pas crever. Et qu'est-ce qu'on fait? On les enfonce un peu plus! Et puis, il n'y a pas qu'eux ! Il suffit d'ouvrir son canard pour se rendre compte.

Le policier parlait bas, avec une véhémence rentrée.

— Tu penses trop, Magret, tu penses trop. Ce n'est pas bon pour un flic...

— Comme tu dis. Mais on nous en demande trop, surtout. Et moi, je suis décalé. Je ne peux plus prendre les trains en marche, ils roulent trop vite. Je n'ai plus le mental, et je n'ai plus les jambes. Alors, je me cantonne à ce que je sais faire. C'est-à-dire à coincer les voleurs et les assassins. Et tout le bordel qu'il y a autour de ces clandestins, je m'en tape ! Moi, ce que je veux, c'est le mec qui a tué Henri. Je m'y cramponne et j'évacue le reste.

Le journaliste ne put s'empêcher de sourire.

— Qu'est-ce que tu as à te marrer ? questionna Correto, surpris.

Bassot hésita, puis se décida :

— Tu me fais penser à un film que j'ai vu il y a peu de temps à la télé.

— Ah oui ?

— L'histoire d'un flic allemand qui poursuit un général nazi assassin d'une pute. Autour de lui, c'est la guerre, il y a du sang partout, des milliers de cadavres, mais il s'en fout. Il veut son général, il est obsédé par son petit crime et ne voit rien du reste. Eh bien, tu me fais penser à...

— *La Nuit des généraux* d'Anatole Litvak, coupa Correto. Dans le rôle du flic, Omar Sharif n'est pas mauvais, mais Peter O'Toole, l'assassin, est carrément génial.

— Je ne te savais pas si calé en ciné, dis donc !

— Je l'ai enregistré. J'ai dû le regarder trois ou quatre fois.

Il y eut un silence. Le rédacteur en chef cherchait un moyen de raccrocher le wagon Forman. Il sentait son copain un peu saturé et s'en serait voulu de gâcher cette soirée. Soulagé, il entendit Magret qui prenait les devants :

— Et pour ce qui est de ton protégé, on va en parler, ne t'inquiète pas. Mais pas ici, j'en ai marre. Viens prendre un verre à la maison, c'est à côté. Tu n'es pas pressé ?

— Août, le mois du solitaire, déclama le journaliste.

— Ah oui, c'est vrai : toute la petite famille est à Villerville…

Robert Bassot acquiesça sans rien ajouter. La solitude, Magret la connaissait douze mois de l'année.

Ils se chamaillèrent un peu pour rafler la note et, pour finir, désignèrent la jolie patronne comme arbitre. Le rouge au front, elle choisit Correto pour victime. Il lui tendit sa carte bancaire. Maintenant, elle avait son nom. Avec une pointe de jalousie, le journaliste se dit qu'avec les années, le commissaire n'avait rien perdu de son charme. Son allure de trappeur canadien égaré dans la ville continuait de plaire aux dames. Il lui suffirait de repasser une ou deux fois au resto… mais il n'en ferait certainement rien. Si la dame voulait croquer du flic, il faudrait qu'elle fasse le premier pas.

Les deux hommes remontèrent le boulevard Clemenceau à pied, sous une petite bruine froide.

— On ne va pas vers l'été indien, plaisanta Jules Correto. Tu n'es jamais venu chez moi, hein ? Tu vas être surpris...

Bassot l'était déjà. Le commissaire Magret était un ténébreux, un renfermé qui n'aimait guère se confier. Cette soirée était privilégiée.

19

Jules Correto n'avait pas exagéré. Rien de ce que Bassot avait sous les yeux ne ressemblait au policier. Ou, du moins, à ce qu'il croyait en connaître.

— C'est mon seul luxe, s'excusa presque le commissaire.

Le journaliste n'en doutait pas. Depuis son « veuvage », Correto vivait comme un ours dans sa tanière. Il était aussi regardant sur ses fringues qu'un paysan corrézien pouvait être curieux d'Internet, voyageait moins qu'un poisson rouge dans son bocal, et limitait ses mondanités à quelques rares déboulades hygiéniques non préméditées entre copains.

Robert Bassot s'avança dans le vaste living. Il était sidéré. Hormis une grande bibliothèque murale classique qui recouvrait tout un côté de la pièce, on ne trouvait aucun meuble, aucun objet de forme usuelle. Il y avait des « choses » longues et effilées, lourdes et baroques, un lampadaire en arc de cercle dont le globe modelé en goutte d'eau géante redescendait vers le sol, un fauteuil de cuir « boule », rond comme un ballon de football, monté sur trépied, une colonne de verre-stalagmite éclairée de l'intérieur à laquelle s'accrochaient des étagères transparentes. Et puis des bibelots, tous d'inspiration contemporaine, posés dans un savant désordre, sur fond de tissu velours écru. D'un coup d'œil, Bassot fit le tour des toiles qui peuplaient les murs dans des cadres en alu minces comme des fils. C'était de l'abstrait, aux couleurs agressives. Il n'y connaissait rien, mais cela avait de la gueule.

— Tu comptes monter un musée d'art contemporain pour tes vieux jours ? plaisanta-t-il.

— Ce sera toujours aussi bien que de me faire un potager. Tiens, viens t'asseoir plutôt que de débiter des conneries.

Le divan de cuir noir était un monument. Tout en longueur, légèrement évasé, il trônait face à la grande baie vitrée.

Admiratif, Bassot siffla entre ses dents :

— Tu parles d'un engin...

— J'ai dû le faire faire sur mesure pour le placer là.

De l'autre côté de la vitre, c'était le port de plaisance, et derrière la digue, le grand horizon. Correto était un fou de la mer. Pas pour se baigner, ni pour naviguer, il ne mettait jamais les pieds à la plage et s'emmerdait sur un bateau... Il aimait la mer pour la mer, pour s'y perdre en pensée, pour en rêver. « C'est comme au cinoche, disait-il volontiers, je m'installe et je me fais une toile... »

— Au fait, as-tu toujours ta petite bicoque du côté de Ouistreham ?

— Toujours. Quand j'en ai vraiment trop marre, je me prends quelques jours, et je fais le vide là-bas.

— Ça ne te change pas beaucoup d'ici.

— Rien à voir. Là-bas, c'est la campagne. Je ne te parle pas en saison, évidemment, je n'y mets pas les pieds. Mais dès le mois de septembre, ça reprend tout son charme. De toute manière, la mer, ce n'est jamais pareil.

Robert Bassot masqua un sourire moqueur. C'est qu'à Ouistreham, il y avait aussi et surtout l' « attitrée » de monsieur le commissaire, une commerçante que la rumeur du Central idéalisait au point d'en faire une seconde Raquel Welch. Mais c'était un sujet tabou, d'autant que Correto croyait la liaison secrète.

Le journaliste écouta tinter les haubans des voiliers, caressa de la main la superbe longue-vue en cuivre postée face à la nuit. Là-bas, les lumières des bateaux dansaient sur l'infini... L'appartement de Correto était un balcon sur l'océan.

— Non, sans blague, c'est chouette, admit Bassot sans se forcer. Tu as combien de pièces ?

— Deux chambres. La mienne et celle de ma fille...

— Elle va bien, Véro ?

— Je n'en sais rien.

— Ça lui fait quel âge ?

— Vingt-sept... non, vingt-huit.

— Toujours à Grenoble ?

— Et toujours avocate, vivant avec un avocat, ajouta Correto d'un ton grinçant.

Depuis un procès d'assises où il s'était fait malmener par la défense, le policier ne pouvait plus encaisser les hommes en robe noire. Evidemment, ça n'aidait pas au rapprochement avec sa fille qui, de toute manière, avait toujours pris le parti de sa mère. Il y avait incompatibilité d'humeur. Le journaliste n'insista pas, mais s'apitoya un peu sur le vieux flic. Il devait se sentir parfois bien seul. Il pensa aux siens. Dans quelques jours, la tribu allait réintégrer le bercail. Bien sûr, ça allait redevenir le souk, mais les cris, les rires et les larmes, ça valait tout de même mieux que de vivre des soirées mortelles.

Jules Correto posa deux verres baquets sur la table en bois rouge laqué dont la forme épousait étrangement celle du canapé. Il se dirigea dans le fond de la pièce, se pencha sur un grand rectangle bleuté qui luisait comme s'il était éclairé de l'intérieur. D'un coup de pouce, il mit la chaîne hi-fi en marche : « Savoy Blues ». Le trombone du vieux Kid Ory déchira l'atmosphère. Le flic revint tout en décapsulant lentement une bouteille de Jack Daniel's.

— Tu le prends toujours sec ?

— Oui... Il te reste combien de temps ? interrogea subitement Bassot. (Le sujet le tracassait.)

— Un peu moins d'un an.

— Et qu'est-ce que tu comptes faire ?

— Ça...

— C'est-à-dire ?

— La mer et le jazz...

Le journaliste haussa les épaules.

— Arrête tes conneries, tu ne tiendras jamais.

Correto versait l'alcool dans les verres. Il s'arrêta, laissant la bouteille en suspens dans sa main.

— Henri m'avait demandé d'entrer dans son affaire.

— Tu aurais accepté ?

— Je ne crois pas. Ce n'est pas mon truc. Je le lui avais dit d'ailleurs, comme à toi tout à l'heure.

— Il va bien falloir que tu te trouves quelque chose ?

Le policier se redressa, toisa son ami de toute sa hauteur, et émit un rire bref, un peu agacé.

— Mais bordel ! qu'est-ce que vous avez à m'emmerder avec mes vieux jours ! (Il s'abattit pesamment sur le canapé.) On ferait mieux de parler de ton poulain, ça au moins, c'est d'actualité.

Robert Bassot comprit vite que ce n'était pas simplement une manière de changer de conversation. Correto focalisait sur la voiture diplomatique de Forman. C'était un début de piste, disait-il, et quelque chose de nouveau. Rien à voir avec toute la merde qu'il remuait jusqu'alors. On montait plus haut, on changeait de standing et de milieu. Il y avait fort à parier que, dans cette bagnole, on tomberait sur des gens bien plus intéressants que les pauvres gaziers qui attendaient dans les foyers qu'on vienne les chercher. Et il allait tout mettre en œuvre pour la retrouver, cette bagnole.

— Il faut que je lui cause, à ton petit bonhomme.

Le journaliste fit la moue.

— S'il apprend que je l'ai balancé aux flics, il

risque de ne pas apprécier. Tu sais comment ils sont à cet âge-là.

— Tu te démerdes avec lui, vieux. Il n'a pas l'air trop con, ce gamin, tu dois pouvoir lui expliquer que ce n'est pas un jeu, cette histoire.

— Oui, bien sûr.

Bassot hocha la tête sans trop de conviction.

— On peut lui foutre la trouille. Et ce ne sera pas du flan. Après tout, il risque peut-être sa peau.

— Arrête un peu tes conneries, Magret, veux-tu ?

— Mais je ne déconne pas ! On n'en sait rien.

Robert Bassot avala d'un trait une bonne moitié de son bourbon. Il avait voulu rencontrer le policier pour se rassurer. C'était gagné.

— Je peux donner un coup de fil ? Le canard...

— Bien sûr.

Correto alla chercher un portable dans sa chambre.

— Tiens, vas-y.

Il était onze heures passées. Quand il n'était pas chez lui et qu'il ne laissait pas de numéro où le joindre, le rédacteur en chef téléphonait invariablement au responsable de nuit. Il aurait fait des kilomètres pour trouver une cabine plutôt que de ne pas prendre contact. Et cette obligation datait d'un fiasco personnel déjà ancien, mais qui lui faisait encore honte. Ce soir-là, il avait laissé tomber le journal pour une fête carabinée. Le lendemain matin, comme le dernier des lecteurs de base, il avait découvert en tête de « une » qu'un car-ferry s'était viandé dans l'avant-port, avec trois morts à la clé. Sa gueule de bois s'était instantanément arrangée.

— Bassot, annonça le patron de la rédaction. Ça roule ?

Le titulaire des informations générales était rentré de vacances depuis le 15 août. C'était un vieux compagnon de route.

— Ça colle, Robert. Juste le petit Forman qui a appelé.

— Forman ! Il y a longtemps ?

— Une bonne heure. Il cherche à te joindre, demande que tu le rappelles chez lui, à n'importe quelle heure de la nuit. Il dit que c'est important. Tu as son numéro ?

— Oui, mais donne-le quand même.

Jules Correto était déjà à ses côtés, lui mettait un bloc et un stylo dans la main. Les deux hommes se fixèrent mutuellement.

Le commissaire tenta de plaisanter :

— Quand on parle du loup...

— Qu'est-ce que c'est que ce bordel ? grogna le journaliste en appuyant sur les touches du combiné. Il devrait roupiller au foyer.

Dès la deuxième sonnerie, quelqu'un décrocha. Robert Bassot entendit un « oui » interrogatif et anxieux.

— Forman ? C'est Bassot.

— Ah ! monsieur Bass...

— Qu'est-ce qui se passe ?

— Je me suis mis dans la merde, annonça sobrement Mathieu Forman.

20

— C'est là, fit Bassot en stoppant la voiture.

Il tournait depuis dix minutes dans le quartier. Tous les noms de rue lui étaient pourtant familiers, mais il avait peiné pour se repérer. Le regard de Correto longea le trottoir chichement éclairé.

— Je n'ai pas mis les pieds dans ce coin depuis des années.

— Personne n'y vient plus beaucoup, tu sais…

Mathieu Forman avait loué un studio dans une partie de la ville qui s'éteignait doucement. Epargné par les bombardements qui avaient saigné à mort le cœur de la cité, ce quartier avait été un profiteur de l'après-guerre, le refuge des rescapés. Et puis, les belles années s'étaient taries. La reconstruction béton avait longtemps retardé l'échéance, la rue de Paris, fierté de l'avant-guerre, s'ennuyait toujours un peu sous ses arcades, et « Frascati » ou « Tortoni » n'existaient plus que sur carte postale… mais la vie s'était tout de même déplacée vers l'ouest. Aujourd'hui, le squat de la prospérité battait de l'aile. On n'y trouvait plus guère que quelques bureaux ou quelques arrière-boutiques sans devanture où les commerçants entreposaient leurs stocks. Il y avait également quelques associations qui n'avaient pas les moyens de se payer un local plus reluisant. Derrière l'orgueilleuse façade du boulevard de Strasbourg, les rues s'enfonçaient dans la grisaille et l'abandon, n'étaient plus que des raccourcis où les piétons marchaient à pas pressés. Les immeubles n'offraient même pas le charme suranné des vieilles demeures. C'étaient de hautes bâtisses sans personnalité dont la brique vieillissait mal, s'usait et s'effritait, tournait à la pierre sale. On cassait par petits bouts, et le neuf se bâtissait en morceaux éparpillés. C'était dans l'une de ces constructions plus récentes, coincées dans un décor en attente, que Forman avait élu domicile.

Le stagiaire ne put réprimer un mouvement de surprise lorsqu'il repéra la massive présence du commissaire Correto derrière la silhouette plus élancée de son rédacteur en chef.

— Mais ce n'était pas prévu, balbutia-t-il.

Manifestement peu enchanté, il maintenait les deux hommes sur le palier. Le flic fit un pas de côté, avança dans la lumière. Il savait qu'il n'était pas le bienvenu, mais ça ne le gênait guère. L'habitude du métier...

— Bonsoir, Forman.

Embarrassé, le jeune homme fit un petit signe de la tête.

— Nous étions ensemble quand je vous ai téléphoné, répliqua un peu sèchement Robert Bassot.

— D'accord, mais...

— On peut entrer ?

Mathieu ouvrit un peu plus largement la porte, mais pour se glisser à l'extérieur, pour se rapprocher des visiteurs. Il se retourna une fraction de seconde pour s'assurer qu'il était bien seul, et supplia à voix basse :

— Surtout, ne dites pas qui vous êtes, commissaire, il va paniquer.

Bassot regarda son copain qui acquiesça en silence.

— On n'a qu'à dire que t'es journaliste, proposa le rédacteur en chef.

Correto grimaça :

— Rien ne m'aura été épargné dans ma pauvre carrière.

— Bah, ça te fera un souvenir.

Mathieu Forman en tête, les trois hommes pénétrèrent en file indienne dans l'étroit et sombre couloir qui menait à l'unique pièce.

— Il parle français ? chuchota Bassot avant que les trois hommes ne débouchent dans la pièce.

— Oui, répondit Mathieu sur le même ton.

Puis, plus fort, d'une voix faussement décontractée :

— Voilà, je vous présente Virgil.

Les trois hommes se placèrent en éventail face au Roumain qui assista imperturbable à leur arrivée, demeura figé dans son fauteuil à armature en bois blanc et tissu écossais vert passablement élimé. Personne ne pensa à le saluer réellement, à lui serrer la main.

— On peut avoir du café ? demanda Jules Correto en ôtant son imper.

Forman força un peu son rire :

— Bien sûr, c'est même tout ce que je peux vous offrir.

L'attitude prostrée de Virgil n'incitait pas à la décontraction. Seul Jules Correto semblait à son aise. Durant quelques secondes, il déambula dans les trente mètres carrés du studio, puis, négligeant le canapé convertible, avisa une chaise de camping repliée contre le mur, la déplia d'un geste sec et s'assit légèrement en biais par rapport au Roumain. Ni trop près ni trop loin. Il s'installait dans ses meubles, délimitait son territoire, flairait le terrain, le gibier, et préparait ses cartouches. Penché en avant, les deux coudes en appui sur ses genoux, le policier cherchait à capter le regard du Roumain, mais celui-ci se dérobait avec obstination :

— Moi, c'est Jules. Je suis au journal, comme Mathieu. Mais pas seulement pour les vacances. C'est mon boulot (Il désigna Bassot d'un mouvement de menton.) Et lui, c'est Robert, le chef, le chef du journal, mais je suppose que Mathieu t'en a déjà parlé.

Le tutoiement, brutal, délibéré, fit tiquer le jeune garçon.

— Bon, je vais aller faire le café, annonça-t-il comme s'il devait partir à l'autre bout du monde.

En deux enjambées, il fut dans sa kitchenette. Elle était coincée dans un renfoncement de la pièce, sous un plafond mansardé. Forman devait s'y tenir voûté.

— Bon Dieu, rigola Robert Bassot, c'est une maison pour poupée Barbie que vous habitez, mon vieux !...

Lui aussi se sentait mal dans sa peau. Il n'avait pas encore enlevé son anorak, ne cherchait pas à s'asseoir. Mais il laissait filer. Toute cette histoire désormais passait chez Magret. Et il en était soulagé.

— Ne m'en parlez pas ! Les premiers jours, je n'arrêtais pas de me cogner ! Fort, le café ?

— Fort, confirma Correto. Et toi, Virgil ?

Le Roumain fit non de la tête.

— Virgil comment, au fait ?

Rien. Pas un mot. Les deux mains enfoncées dans les poches de son blouson de toile kaki, Virgil s'usait les yeux sur les arabesques du tapis.

— Il parle bien français ? demanda à nouveau Correto à Forman.

— Oui... Le café passe...

Qu'est-ce qu'il a à nous emmerder avec son café ? s'interrogea Bassot, de plus en plus crispé.

Le stagiaire sortit de son coin étriqué, redressa sa grande carcasse efflanquée. Il flottait dans un gigantesque pull blanc à grosses côtes qui lui descendait jusqu'à mi-cuisse :

— Virgil n'a pas trop envie de répondre en ce moment. Il est sous le choc. Je crois qu'il faut être un peu patient.

Jules Correto redressa le torse, s'adossa à sa chaise :

— Mais nous le sommes, nous le sommes... Hein, monsieur le rédacteur en chef ?

Robert Bassot se contenta d'approuver de la tête. Il était consterné, se sentait incapable d'improviser. Non seulement cette mise en scène était grotesque, mais en plus, Magret en faisait des tonnes...

Le policier sortit sa pipe d'une de ses poches de veston, contempla longuement le foyer avant d'y enfourner son tabac.

— Vous nous avez appelés, on est là pour vous aider.

Silence pesant. Virgil comptait les arabesques.

Le flic alluma son briquet, le plaça à l'horizontale contre l'embouchure de la bouffarde, pompa goulûment une demi-douzaine de bouffées à la file.

— Mais vous, Forman ? Vous allez bien ?

— Ça va.

— Eh bien, si vous nous racontiez ? Enfin, je veux dire, votre part d'aventure...

— D'accord, commi... (Mathieu rattrapa sa bourde de justesse)... d'accord, Jules, je sers le café et je vous dis tout.

— Je vais vous aider, fit Bassot, excédé.

Forman et son café lui portaient sur les nerfs. Ils se serraient à quatre dans une soupente minable et prendre une tasse de jus tournait à la cérémonie protocolaire.

— Amenez la petite table basse au milieu, s'il vous plaît, monsieur Bassot. On va se mettre tous les deux sur le divan.

Le rédacteur en chef plaça la table, une horreur sur quatre pieds en fer forgé dont le dessus se composait de pavés d'où jaillissaient des fleurs en bouquet. Les tasses suivirent, sur le même modèle.

— Qui est-ce qui vous loue ce studio ? ne put s'empêcher de demander Robert Bassot.

Il trouvait l'appart cafardeux au possible — il fallait être jeune pour supporter ça.

— Mme Laval, une vieille dame qui habite au premier.

— J'espère qu'elle ne vous prend pas trop cher ?

— Ce n'est pas donné.

— Bon alors, Forman..., s'impatienta Corretto.

Le récit de Mathieu Forman s'étala sur une bonne demi-heure. Il parvint d'abord à adopter un ton neutre et détaché, mais commença à s'emballer lorsqu'il en arriva à l'épisode de la fusillade. Le flic de la Criminelle laissa faire, n'intervenant que pour calmer la fougue désordonnée du journaliste stagiaire ou pour se faire préciser quelques détails. De temps à autre, sans prévenir, il se tournait vers le Roumain et lui posait une question. Mais Virgil gardait le silence, y compris quand Mathieu le prenait à témoin.

Robert Bassot suivait la conversation du duo Corretto-Forman d'assez loin, préférant se concentrer sur la personnalité du Roumain — du moins sur ce qu'il pouvait en deviner. Ce type ne lui plaisait pas, il n'aimait pas son attitude butée et son silence de pierre. Il avait une sale gueule, avec une peau vérolée, un front bas et des yeux inexpressifs, comme morts. Parfois, lorsqu'il se croyait oublié, le Roumain levait la tête et rencontrait le regard aigu du rédacteur en chef. Il fuyait aussitôt, se replongeant dans la contemplation du tapis. Il y avait plusieurs façons d'exprimer sa peur et sa souffrance. Celle de Virgil lui était antipathique.

— Qui veut encore du café ?

— Je veux bien, fit Corretto.

Mathieu Forman s'était levé et Robert Bassot comprit qu'il en avait terminé. Il refusa, il était assez énervé comme ça.

— Et vous, Virgil ?

Le Roumain fit signe que non, sans desserrer les lèvres.

— Maintenant, ce qu'il faudrait, déclara le flic en ravitaillant copieusement sa bouffarde, c'est que Virgil nous raconte à son tour son histoire. Qu'il nous dise surtout qui étaient ces hommes dans la voiture et pourquoi ils voulaient le tuer... Hein, Virgil ?

Personne n'aurait pu déceler la moindre menace dans l'attitude du commissaire. Il paraissait enjoué, épanoui, se prélassait sur sa chaise de camping... mais son invitation sonna comme un coup de semonce.

— Hein ! Qu'en penses-tu, Virgil ?

Le Roumain releva lentement la tête et, cette fois, fixa longuement le flic dans les yeux. Il n'y avait ni défi ni abattement dans son regard. Simplement le constat d'une évidence. Et, pour la première fois, il ouvrit la bouche :

— Vous, pas journaliste... vous, police.

Jules Corretto ouvrit largement les bras comme à l'annonce d'une bonne nouvelle. Il était hilare, heureux d'avoir été démasqué.

— Eh bien, voilà ! Au moins, maintenant, c'est clair ! Il parle et il sait que je suis flic !

Bassot libéra sa hargne :

— Evidemment, même une chèvre s'en serait rendu compte. Tu as l'air d'un journaliste comme moi d'une danseuse étoile...

— Navré, vieux, mais je n'ai pas la vocation.

Debout, sa cafetière à la main, Mathieu Forman restait planté sur place. Il avait l'air atterré. Virgil leva son visage vers lui. Tous les reproches du monde s'imprimaient sur ses traits fatigués.

— Ce n'est pas moi, Virgil, commença le jeune garçon, je...

Le commissaire vola à son secours, posa sa main sur l'avant-bras du Roumain.

— Il n'y est pour rien. Il ne savait pas que j'allais venir, dit-il avec force. Mais puisque je suis là, on ne va pas se gêner, hein, Virgil ?

Il plongea sa main droite dans la poche intérieure de son veston, sortit sa carte tricolore qu'il tendit à bout de bras au Roumain, lequel ne fit pas un geste pour s'en saisir.

— Voilà. Moi, c'est Jules Corretto. Commissaire Jules Corretto, chef de la Brigade criminelle. Je t'ai montré mes papiers, maintenant montre-moi les tiens.

— Commissaire..., tenta de plaider Forman.

Corretto leva une main péremptoire, le tutoiement claqua comme un coup de fouet.

— S'il te plaît, Mathieu !

Le stagiaire chercha de l'aide auprès de son rédacteur en chef.

— Laissez faire le commissaire, Forman.

Le Roumain avait déjà obéi, tendait un porte-carte plastifié en loques. Correto examina les papiers un par un.

— Je vais vous dire un truc, les gars, dit-il tout en parcourant des yeux les imprimés. Virgil, il connaît la musique. Les flics, il en a l'habitude et il sait jusqu'où on peut aller. (Il garda un carton dans la main et lut.) Virgil Mazilu. Tu as vingt-sept ans, tu es né à Gherla, et tu es électromécanicien. C'est ça ?

— Oui.

— Si je comprends bien, ton visa tourisme expire dans moins de quinze jours. Ça ne fait pas lourd. Mais je suppose que tu espères bien partir avant, hein ? Pourquoi as-tu quitté ton pays, Virgil ? Tu peux me le dire ?

— Politique, répondit le Roumain d'une voix sourde.

— Ce n'est pas très original, ça, commenta Correto avec un soupçon de reproche dans la voix. Mais tu vas peut-être me donner de plus amples explications.

Robert Bassot observa son ami avec perplexité. Il avait l'impression d'assister à un dédoublement de personnalité. Ce n'était pas le Correto qu'il connaissait, le fonceur en ligne droite qui ne contournait pas l'obstacle. Il se dit qu'il ne l'avait jamais vu mener un interrogatoire, qu'il était toujours arrivé après la bataille, lorsqu'on filait au journaliste les résultats d'une enquête en paquet-cadeau. Le Correto qu'il découvrait était en plein boulot...

— De toute manière, poursuivait le flic, il va falloir qu'on se parle, Virgil... aujourd'hui ou demain, il va falloir. Et demain, cela risque d'être plus dur…

Le mutisme du réfugié roumain exaspérait Bassot au plus haut point. Peut-être qu'il a eu tous les malheurs du monde, pensait-il, peut-être qu'il en a chié comme personne, mais ça ne fait rien, c'est un pourri, ça se sent à cent mètres. C'est un pourri qui n'a pas eu de pot, c'est tout.

— Je suis sûr que tu comprends ce que je veux dire, continuait le policier.

Il semblait d'une patience infinie. Même sa voix a changé, songea encore Bassot.

— Oui, fit le Roumain.

— Alors, pourquoi ne pas raconter maintenant, là, entre amis ? Tu prends un café et…

Le Roumain secoua la tête :

— Pas café.

Et il commença à parler.

C'était une histoire roumaine banale, banalement racontée. Virgil Mazilu n'était pas un héros et, fallait être juste, ne cherchait pas à passer pour tel. Sous le régime du triste Ceaucescu, il n'avait été qu'un obscur, un sans-grade de la contestation. Qui s'était fait sévèrement bastonné et s'était retrouvé en prison. Jugé par un tribunal de Timisoara, son salaire d'électromécanicien, déjà pas lourd, s'était vu amputé de trente-cinq pour cent. Plus que les coups et plus que la taule, c'est cette punition qui l'avait fait basculer de l'autre côté.

— Plus d'argent, récita Virgil de sa voix monocorde et légèrement chantante… moi pauvre, très pauvre…

Fiché et réduit à l'état de mendiant, il avait

tenté de fuir son pays en franchissant la frontière hongroise, et s'était fait reprendre. Et là, la sinistre Securitat s'était occupée de lui. Torture et prison. Jusqu'à l'effondrement du tyran.

— Moi libre, continua le Roumain, aussi enjoué qu'à l'évocation de ses années d'emprisonnement... libre... tout... entier...

Il cherchait un autre mot, souffrait de ses imperfections de langage.

— Tu veux dire amnistié ? intervint Corretto.

Mazilu inclina la tête.

— Tout allait bien alors ?

Dans la suite un peu brouillonne, le Roumain tenta d'expliquer que la liberté recouvrée avait vite pris un goût amer, et que même sans Ceaucescu, le pouvoir n'avait pas complètement perdu ses fâcheuses habitudes. Sans réussir à se faire réellement comprendre, Mazilu expliqua qu'il s'était à nouveau retrouvé derrière les barreaux.

— Mais pour quelle raison, Virgil ? interrogea le policier.

On le sentait peu convaincu, il semblait penser que le Roumain dissimulait une partie de son histoire.

— Les mêmes..., dit le Roumain.

— Les mêmes quoi ?

Laborieusement, Mazilu révéla qu'il avait retrouvé ses tortionnaires de l'ancien temps. Non seulement ils n'avaient pas bougé, mais leurs méthodes étaient restées les mêmes.

— Ils battent moi beaucoup... et quand prison finie, moi me cacher chez des amis. C'est bien, car policiers cherchent pour prendre moi encore...

— Et c'est pourquoi tu as fui la Roumanie, conclut le commissaire Correto.

— Oui.

— Et avec des papiers en règle ? C'est étonnant, non ? Comment as-tu fait, Virgil ?

Le Roumain ne répondit pas.

— Ouais..., commenta le flic, l'air dubitatif. Fuir, d'accord, mais pour aller où, Virgil ?

— Moi sais pas.

Il se tortilla sur sa chaise.

— Mais si, tu le sais, et je vais te le dire. C'est au Canada que tu veux aller, comme tous tes petits copains. Et pour aller au Canada, tu vas t'enfermer dans une de ces grosses boîtes en fer qui traversent l'océan sur les bateaux. Dans un conteneur. C'est ça, Virgil, n'est-ce pas ?

Le Roumain était retombé dans son mutisme. Sorti de la Roumanie, il n'avait plus rien à dire.

— Tu connais un certain Cavaneau ? Raoul Cavaneau ?

Mazilu ne cilla pas. Il se tenait à nouveau tête baissée, concentré sur l'étude du tapis.

— Le vieux, avec sa Peugeot pourrie... tu le connais ?

— Je lui en ai déjà parlé, souffla Mathieu Forman.

Jules Correto fusilla le stagiaire du regard.

— C'est malin, grommela-t-il.

— Il ne veut pas en parler, continua Mathieu.

Le flic se passa les deux mains sur le visage, soupira longuement. Il y eut un instant de silence. Il va piquer sa crise, se dit Robert Bassot. Mais Correto se contint, évacua son exaspération en se levant brusquement et en marchant à grandes enjambées. Trois foulées, et il se cognait aux murs.

Il revint se placer face au Roumain. Chétif, replié sur sa chaise, Mazilu était écrasé par l'impressionnante stature du flic. Il esquissa un geste craintif.

— Je ne vais pas te toucher, connard ! tonna Correto. Mais regarde-moi.

Aucune réaction.

— Regarde-moi, abruti !

Bassot craignit le pire. S'il continuait ainsi, le Virgil allait s'en prendre une. Le Roumain dut penser la même chose, il leva les yeux.

— Bien, fit le commissaire, soudainement apaisé. A mon tour, je vais te raconter mon histoire. Mais je vais aller vite, car je suis sûr que tu la connais déjà... Tu me suis, Virgil ?

Mazilu acquiesça.

— J'avais un copain qui s'appelait Henri Borel. Ce nom te dit peut-être quelque chose ?

Mazilu secoua la tête.

— Admettons. Et ce copain, figure-toi, il travaillait sur le port. Il avait un boulot un peu spécial, il était chargé de trouver les clandestins cachés dans les conteneurs. (Jules Correto détachait soigneusement chaque mot.) Et il en a trouvé des paquets. Jusqu'à l'autre soir, tout s'était bien passé. Enfin pour lui, je veux dire... parce que pour tes amis, évidemment, c'était moins drôle. Tu sais de quoi je parle ? Peut-être même que Borel, il t'a trouvé un jour ? Non ?

Virgil secoua à nouveau la tête.

— Non. D'accord. Toujours est-il que, l'autre nuit, l'un de tes compatriotes n'a pas aimé ce que faisait Borel. Il a sorti son poignard et il a tué mon copain. (Correto se rapprocha du Roumain, s'accroupit face à lui.) Et ça, vois-tu, ça ne se fait pas. Et celui qui a tué mon copain, je veux le retrouver. Et par n'importe quels moyens. Tu m'entends bien ? N'importe quels moyens. Qu'est-ce que tu dis de ça, Virgil ?

Virgil ne fuyait pas le regard du policier, mais semblait ailleurs, totalement extérieur à la scène. Correto reprit place sur sa chaise de camping, la tira, la traîna afin de se placer exactement en face du Roumain, jusqu'à le frôler. Il lui mit les deux mains sur les épaules, l'attira encore un peu plus vers lui, histoire de lui signifier que, dans cette affaire, ils n'étaient que tous les deux, que rien de ce qui était autour ne comptait. Comme les deux autres, par exemple — ils étaient là par hasard, mais ils n'avaient aucune importance.

— Alors, tu vas bien m'écouter maintenant, Virgil, parce que c'est très important pour toi... (Le chef de la Criminelle se tut l'espace de deux secondes, prit une profonde aspiration.) Voilà. Tu vois, les clandestins, je m'en fous. Votre réseau, vos combines, ce n'est pas mes oignons. Vous voulez partir, vous refaire une nouvelle vie, fuir toute la merde que vous avez vécue ? Je vais te dire, je vous comprends. Je suis même certain qu'à votre place j'en ferais autant. Aussi, je ne compte pas t'embêter là-dessus. Juré, Virgil. C'est important pour toi, non ? Mais en contrepartie, il me faut celui qui a tué mon copain. Lui, on ne peut pas le laisser tranquille. C'est un criminel. Et même pour vous, ce n'est pas bien...

Il n'était plus question du break Peugeot, de Cavaneau, de la voiture mystérieuse, de ses agresseurs, de la tentative de meurtre dont il avait été victime.

Robert Bassot saisit instantanément l'astuce. Jules jouait l'indulgence et la compréhension, il sentait que c'était sa seule chance de fissurer le mur du silence. Du moins dans l'immédiat.

— Et je sais que tu peux m'aider, martela le flic avec force — il voulait que les phrases lui entrent dans la tête, qu'elles s'enfoncent dans son cerveau. Qu'est-ce que ça fait? C'est un salaud, ce type. Il n'est pas des vôtres, peut-être même qu'il n'a rien à voir avec vous. Allons, Virgil, il faut que tu réfléchisses vite, très vite... Parce que, sinon, je peux te faire beaucoup d'ennuis, des ennuis dont tu as sûrement une petite idée...

— Mais vous n'avez pas le droit!

Mathieu Forman craquait.

— La ferme! gronda Correto sans cesser de fixer le Roumain. Bien sûr que je peux. Et Virgil sait bien que je peux. Il sait que je peux le foutre dans une merde noire, plus noire encore que celle où il se trouve. C'est dire. Et il sait aussi que je vais le faire si j'y suis obligé. Hein, Virgil? Allez, je te donne une minute!

Le policier tapa amicalement sur les épaules du Roumain, se leva, fouilla dans sa poche à la recherche de sa pipe et de son tabac. Il fit quelques pas, ignora les regards du jeune Forman et de son rédacteur en chef, feignit de s'intéresser de près à la kitchenette lilliputienne. Un silence de plomb s'installa dans le studio.

Il restait vingt secondes, quand la voix monocorde, à l'accent légèrement chantant, bredouilla faiblement :

— Je peux… je peux aider… je crois.

Jules Correto pivota sur ses talons avec une étonnante vivacité et s'adressa à Mathieu Forman :

— Petit, dit-il avec une allégresse difficilement contenue, tu nous refais du café, s'il te plaît ?…

21

Robert Bassot eut peur de s'être assoupi. Il n'avait même pas vu Correto se lever. Maintenant le commissaire se tenait face à la fenêtre, tapotait deux doigts de sa main gauche contre la vitre.

— Ça nous annonce une journée dégueulasse, prédit-il.

L'aube était misérable, se contentait du strict nécessaire. Et maintenant, la pluie semblait s'être nourrie de la nuit. Avec les premières lueurs du jour, elle cinglait plus fort, glissait dans la violence.

Le rédacteur en chef se passa le dos de la main sous le menton. Depuis qu'il savait que sa barbe repoussait en poils grisonnants, il détestait être mal rasé. Un peu honteux, il se pencha à l'oreille de Forman et l'interrogea :

— Où est-ce qu'on en est?

— Il a fini.

Le vieux journaliste contempla son apprenti avec envie. C'était beau la jeunesse. Il était intact. Sans doute pensait-il vivre l'un des grands moments de sa jeune existence. Ce n'était pas le cas de Mazilu. Le Roumain était de plus en plus tassé sur sa chaise, le buste voûté et les bras pendants. Bassot remarqua que le bas de son pantalon, bien trop long, était passé sous ses chaussures. Lui aussi en avait plein les bottes. Le grand jour de sa vie, ce n'était pas encore pour aujourd'hui.

Le commissaire se retourna :

— Tu peux me rendre un service, Robert ?

— Bien sûr.

Robert Bassot remarqua sans déplaisir que cette nuit l'avait également éprouvé. Rougis par l'insomnie, ses yeux trahissaient une immense lassitude. Mais le flic faisait de la résistance. Il n'y avait rien d'avachi, d'abandonné dans son attitude.

— Je ne vais pas avoir le temps de passer chez moi pour me changer. Tu peux y aller et me ramener quelques affaires ?

Bassot s'arracha du canapé en deux temps, il avait les reins brisés.

— Qu'est-ce que tu veux ?

— Je ne sais pas, moi... une paire de chaussettes, un slip, un pull... prends mon anorak aussi, je serai plus à l'aise. Tiens, voilà les clés de l'appart ! La petite ronde, c'est pour la porte d'entrée en bas.

Le rédacteur en chef attrapa le trousseau au vol :

— Et qu'est-ce que tu fais, toi ?

— Je reste avec notre ami... Ça ne vous dérange pas, Forman ?

— Moi ?

— Si vous le permettez, je compte prendre une

douche et utiliser votre téléphone. Je vais tous les réveiller et sonner le branle-bas de combat.

— Tu vas réveiller qui ?

— T'as le cerveau dans le coton, toi ! Cardoze, Moursault, le juge, qu'est-ce que tu crois !

— Là, tout de suite ?

— Je ne vais pas prendre rendez-vous. C'est maintenant qu'il faut foncer, pas dans huit jours.

Bassot s'engagea dans le couloir, s'apprêta à sortir.

— Oh, attends, cria Corretto. Forman, vous pouvez aller avec lui et profiter de mon plumard, ce serait la moindre des choses.

— Si vous n'y voyez pas d'inconvénient, je préfère rester ici.

— Vous êtes chez vous, répliqua le flic, magnanime.

Ils arrivèrent les uns après les autres au commissariat central, entrèrent dans le bureau du chef de la Criminelle avec des mines de samedi gâché. D'abord Cardoze, le commissaire divisionnaire, puis Moursault, le responsable de la Police de l'air et des frontières, et enfin Jean-Baptiste Roulland, le juge d'instruction. Jules Corretto les accueillit avec une politesse amusée, s'excusa à chaque fois de les avoir brutalement tirés du lit. Urgent, très urgent, avait-il prévenu au bout du fil… une décision à prendre sur-le-champ. Et tous trois s'étaient habillés en catastrophe, sans prendre le temps de passer par la salle de bains, de se faire le masque du civilisé. Corretto avait l'impression de les surprendre dans leur intimité. Le divisionnaire portait un vieux pantalon de velours beige et un battle-dress de chasseur flambant neuf. Avec son jean et ses baskets, le juge Roulland faisait honte à la magistrature. Quant à l'impeccable Moursault, c'était le Tchernobyl vestimentaire : il trimbalait un ensemble sport vaguement grenat qui lui allait comme une culotte de peau bavaroise à un Papou de Nouvelle-Guinée.

Le chef de la Criminelle les reçut seul. Après avoir ramené les fringues de rechange au studio, Robert Bassot était retourné au journal. Mathieu Forman et Virgil le Roumain attendaient dans une pièce attenante, en compagnie d'un flic de la Brigade des accidents, furieux de voir la dernière belote de l'équipe de nuit lui passer sous le nez. Il put confronter sa mauvaise humeur avec celle du planton de permanence qui reçut pour consigne de trouver café, thé — c'était pour le juge — et croissants.

— Mais où ? geignit le malheureux, il est six heures dix.

— Démerdez-vous ! répondit péremptoirement Correto au corvéable, ce qui, quelque part, devait lui rappeler l'armée.

— On pourrait peut-être passer dans mon bureau, proposa Benoît Cardoze, il y a une grande table et on sera plus à l'aise.

Jules Correto approuva avec diplomatie. Le confort du bureau n'était bien entendu qu'un prétexte, mais c'était une manière pour le divisionnaire de préciser que c'était lui qui recevait, qu'il était le patron.

Tout le monde monta à l'étage supérieur, prit

place autour de la grande table de conférence ovale. C'était un vrai bureau de chef, qui reflétait le goût du chef pour l'ordre et le fonctionnel. Un représentant en mobilier de travail n'y aurait rien trouvé à redire. Il n'y avait pas la moindre tache sur les plinthes.

— Alors, commença Benoît Cardoze, dites-nous donc pourquoi vous attaquez à l'aube ?

— On peut allumer ?

— Bien entendu.

Cardoze alla lui-même actionner l'interrupteur.

Correto se leva, déplia un plan de la ville et, sans hésitation, posa son index à un endroit précis :

— L'assassin d'Henri Borel se planque ici.

Les regards des trois hommes convergèrent vers le lieu désigné.

Jean-Pierre Moursault se leva à son tour, se rapprocha, fit descendre ses lunettes sur son nez :

— C'est dans le quartier des Raffineries.

— Oui.

— Et vous êtes sûr de votre coup ? interrogea-t-il sans lever la tête.

— A quatre-vingt-dix-neuf pour cent, oui.

Il bluffait à peine. Le un pour cent restant, c'était pour le cas où Virgil l'aurait mené en bateau d'un bout à l'autre de la nuit. Il ne voulait pas y croire, ou bien alors il n'avait plus rien à foutre dans la police, ce n'était pas dans huit mois qu'il devrait prendre sa retraite, mais tout de suite.

— Il se trouve dans ce pâté de maisons. Un immeuble abandonné. Si mes informations sont exactes, c'est le nouveau squat des clandestins roumains…

— Moursault ? demanda le divisionnaire.

— Inconnu de mes services.

Il dissimulait à peine sa contrariété, se mordait nerveusement les lèvres.

La voix légèrement nasillarde du juge d'instruction s'éleva :

— Si vous nous expliquiez rapidement, commissaire, comment vous en êtes arrivé à cette conclusion ?

— J'allais le faire, monsieur le juge, répondit aimablement Correto.

Il accrochait bien avec Jean-Baptiste Roulland, quadragénaire tout en rondeurs qui, sous ses apparences molles, carburait avec une étonnante clairvoyance. Correto l'avait rencontré à trois reprises depuis le début de l'affaire et avait appris à l'apprécier. En fait, Roulland n'avait qu'une seule faiblesse : il regrettait d'avoir dû quitter Tarbes pour Le Havre, et gémissait de ne plus pouvoir abattre ses vingt kilomètres hebdomadaires en montagne. Pour le consoler, le flic avait promis de l'initier au magret.

— Mais, pardonnez-moi, je vais faire court, car nous sommes pressés.

En sept minutes, pas une de plus, le commissaire résuma la tentative de meurtre sur Virgil Mazilu, le sauvetage de Forman et la nuit d'interrogatoire. En trente secondes, il livra son plan. C'était simple. Avec une vingtaine d'hommes, il cernait le squat et chopait le Roumain. Pas question de sortir l'artillerie lourde, de faire appel aux spécialistes du Raid, d'ailleurs on n'avait pas le temps. On pouvait tenter le coup en douceur. Ce squat devait être une passoire et il allait falloir boucher les trous sans se faire annoncer.

— Qu'est-ce que vous savez sur le meurtrier ?

— Rien. Si ce n'est qu'il se prénomme Roman.

Le divisionnaire se manifesta :

— Et ce Virgil Ma... comment déjà ?

— Mazilu.

— Oui, ce Virgil Mazilu, vous lui faites entièrement confiance ?

— Entièrement, c'est beaucoup dire... Mais franchement, il n'a pas vraiment le choix...

— Vous non plus, si je comprends bien.

C'était Moursault, toujours coincé. Correto ne releva pas.

— Sans nous, sa vie ne vaut pas un clou. On n'a rien contre lui. Ses papiers sont en règle, il est hébergé à la Lanterne... Mais s'il se retrouve tout seul dans la nature, il est perdu. Des tueurs sont à ses trousses : c'est là-dessus que j'ai appuyé.

— Mais pourquoi a-t-on voulu le tuer ?

C'était à nouveau le juge d'instruction.

— Ça, avoua franchement Correto, c'est le gros point d'interrogation. Ma conviction, c'est que ce type en sait long. Il leur a pété dans les pattes pour une raison grave. Le problème, c'est qu'il la garde pour lui. Il est mort de trouille...

— Vous avez une petite idée ?

— Non. Pas la moindre. Et là-dessus, il la boucle. J'ai passé la nuit à tenter de le faire parler. Mais je prends la situation dans l'ordre, monsieur le juge. J'ai la possibilité d'arrêter le meurtrier, j'arrête le meurtrier, après...

Le magistrat leva les deux mains devant lui en signe d'apaisement :

— Bien sûr, bien sûr, commissaire. (Il eut une mimique ironique.) Je pense que vous m'autoriserez à entendre tous vos amis lorsque ce sera mon tour.

— Cette affaire n'évolue pas selon les normes ; moi-même, je suis un peu surpris par son déroulement...

Le chef de la Criminelle restait volontairement dans le vague. Il avait révélé le minimum sur Bassot et Forman. Pour l'instant, c'était sa petite cuisine interne.

— C'est ce qui fait le charme de notre métier.

Le juge Roulland donnait l'impression de s'amuser.

— Bon, concrètement, Correto, intervint Benoît Cardoze avec vigueur, si je comprends bien, vous voulez faire à votre idée ?

— C'est ça.

Le divisionnaire jeta un coup d'œil en direction du juge d'instruction qui eut un léger battement de cils :

— OK, vous avez carte blanche.

— Bien, il faut que je rameute mes gaziers maintenant.

Jules Correto se leva, s'adressa à Moursault :

— Vous pouvez me donner un coup de main ? Je vais avoir besoin de vous et de vos hommes.

Le chef de la Police de l'air et des frontières se racla la gorge. Il avait une arête qui ne passait pas.

Jules Correto se mit à sa place. Il avait pris la peine de l'alerter pour Cavaneau, et là, il était mis devant le fait accompli, et qui plus est devant le patron et le juge d'instruction. Le flic de la Criminelle s'en voulut de ne pas s'être montré plus délicat, se jura de lui expliquer. Mais plus tard...

— A votre disposition, Correto.

Le commissaire contempla son plan, s'exprima à voix basse, comme s'il se parlait à lui-même.

— Apparemment, ce squat, c'est un vrai cauchemar. Pas de cavalcade. Si on se plante dès le départ, c'est foutu : il va se tirer.

— Il faudrait quelqu'un qui connaisse bien le coin, fit Moursault.

— Pour recouper ce que raconte mon Roumain, ce serait l'idéal. Mais ce quelqu'un, on n'a pas le temps de le chercher.

— Je l'ai.

Moursault avait préparé son effet. Jules Correto l'observa avec circonspection.

— Bourguoin, annonça le commissaire de la PAF. C'est le quartier de son enfance, il le connaît comme sa poche. Il nous bassine assez avec ses « Ravannes ». C'est comme ça qu'on appelait le quartier des Raffineries dans le temps, paraît-il.

— Vous pouvez le faire venir tout de suite ?

— Le temps d'un coup de fil.

— Bien, dit Cardoze. (Il parlait anormalement fort, comme s'il voulait affirmer une autorité menacée.) Allez-y.

Le commissaire de la PAF se dirigea vers le téléphone. On frappa à la porte.

— Entrez, fit le divisionnaire.

La soubrette à moustache fit son entrée. Elle avait tout trouvé. Café, thé, lait et croissants.

Jules Correto se prépara à sortir.

— Je retourne voir mon Roumain, dit-il à Moursault. Vous me rejoignez en bas dès que Bourguoin est arrivé ? J'envoie déjà trois inspecteurs pour repérer le coin. Mais il faudrait être sur le pied de guerre dans une petite heure.

— Vous prenez quelque chose, Correto ? proposa Cardoze.

Il avait tombé le battle-dress, répandait les vivres sur la table. Le commissaire rafla un croissant. Le café, ça suffisait comme ça.

22

Le gros Bourguoin était l'image même de la désolation.

— Ce n'est plus du tout comme avant, se lamentait-il. Avant, c'était Gervaise tous les jours, mais c'était vivant. Maintenant, c'est devenu un cimetière.

Jules Correto soupira, un peu désespéré. Il demandait du pratique, des réponses précises, et à chaque fois, l'enfant du quartier réembarquait avec lyrisme dans son enfance de pauvre.

— Ce n'est pas vraiment ce que je vous demande, mon vieux. Ce que je veux savoir, c'est ce qu'il y a là-dedans, derrière toute cette merde !

D'une main impatiente, le chef de la Criminelle chassa la buée qui recouvrait le pare-brise. Malgré tous ses efforts, la nervosité le gagnait. Dehors, la flotte redoublait, ajoutant encore au lugubre du décor.

— Faites marcher vos essuie-glaces, ordonna-t-il au chauffeur, on n'y voit que dalle.

Il détailla le champ de ruines. Le premier immeuble, celui qui longeait le trottoir, avait été rasé. Sans doute ce nettoyage avait-il été l'amorce d'un vaste programme de salubrité publique. Quelques semaines avant les élections, on avait dû promettre une salle omnisports, une galerie commerciale ou un jardin public sur les lieux du taudis. Une fois les urnes rangées, les bulldozers étaient rentrés au garage, laissant un terrain vague, une décharge sauvage, où l'on balançait tous les rebus de la société de consommation. Rouillés, éventrés, dégueulassés...

Derrière, la vue s'ouvrait sur une grande façade lépreuse. Seule la partie basse avait pris des couleurs. Elle était somptueusement taguée. Ça faisait vieille folle, peau fanée trop maquillée. La muraille s'élevait perpendiculairement à la rue où stationnaient les voitures de Jules Correto et de son équipe. Toutes les ouvertures étaient murées, fenêtres et portes condamnées. Pas pour tout le monde apparemment : c'est derrière cette grande façade que, selon Mazilu, Roman se terrait.

— Justement, commissaire, c'est ce que je veux dire. Ce que vous voyez là, ce sont plusieurs pâtés de maisons de trois étages collés les uns aux autres. Vous entrez par un long couloir et puis vous débouchez dans une sorte de cour pavée. De là, vous avez des escaliers qui montent dans les étages. Quatre ou cinq en moyenne. Il y avait des tas d'apparts qui ne donnaient pas sur la rue, vous comprenez ?

— Et cette cour, comment est-elle ?

— Ces cours, vous voulez dire. Rien que là-dedans, il y en a au moins une demi-douzaine.

Sans compter les autres qui sont encore derrière, ça va loin.

— Ne comptez pas les autres, supplia Correto, accablé.

— Eh bien celles-là, elles étaient tout en longueur, et rectangulaires. Bordées par des celliers où les gens mettaient leur charbon. Il y avait des buanderies aussi où les femmes faisaient leur lessive toutes ensemble. Elles utilisaient d'immenses baquets en bois, retournaient les draps mouillés avec de grands bâtons, on crevait de chaud là-dedans, il y avait de la vapeur partout et elles étaient à moitié à poil... Nous, les gosses, on venait se rincer l'œil, vous pensez si je m'en souviens. C'est pour ça que je vous parlais de Gervaise... Et puis, il y avait les chiottes aussi, communes à tous les locataires. Trois par cour, je vous passe les détails...

— C'est ça, passez-moi les détails. Et toutes ces cours, elles communiquent ?

— Plus ou moins. Ça dépendait. Il y avait des passages un peu partout, des allées... tenez, vous voyez les Traboules de Lyon ? Eh bien, c'est un peu pareil ! De toute manière, quand on était mômes, on montait sur les toits des celliers, et hop ! de l'autre côté.

— Et hop ! de l'autre côté, répéta Correto d'un ton funèbre.

— Mais attention, commissaire ! C'est peut-être tout chamboulé à l'intérieur ! Ils ont peut-être tout foutu en l'air.

L'émetteur-récepteur de la voiture se mit à grésiller.

— Mouette appelle Cormoran, Mouette appelle Cormoran…

Le chef de la Criminelle s'empara du micro. Mouette et Cormoran, c'était une idée de Moursault. Il aimait les animaux du cru. « C'est comme pour le poisson et les crustacés, avait-il prétendu, je ne peux en bouffer qu'au bord de la mer. A l'intérieur, ils n'ont pas le même goût… »

L'ennuyeux avec lui, c'est qu'on ne savait jamais s'il plaisantait ou s'il était sérieux.

— Ici Cormoran, j'écoute.

— Sommes en place, prévint la voix du chef de la PAF. Attendons le signal.

Le pâté d'immeubles insalubres était enserré par deux rues. Moursault et sa dizaine d'hommes tenaient les arrières, en couverture. Correto et les siens se chargeaient d'investir la place. De l'extérieur, la tenaille semblait efficace, mais, si l'on en croyait Bourguoin, à l'intérieur, c'était un vrai labyrinthe.

— OK. Bien reçu.

— … Mais il faudra qu'il sorte à un moment ou à autre s'il veut s'échapper de là-dedans, pronostiqua l'inspecteur. Il sortira alors en terrain découvert, et là on le chope comme on veut…

Jules Correto se retourna vers l'arrière de la voiture. Bourguoin transpirait, s'épongeait le visage avec un mouchoir aux dimensions d'une serviette de table. Coincé par l'inspecteur ventripotent qui s'agitait sans cesse et prenait ses aises, Virgil Mazilu avait droit à la portion congrue. Il se tenait immobile, épaules rentrées, bras croisés devant lui. A moins de disparaître, on ne pouvait pas être plus discret. Disparaître, ne pas être là, c'est ce qu'aurait voulu le Roumain. Le commissaire avait dû parlementer, puis le brusquer un peu pour qu'il consente à les accompagner.

— Alors, Virgil, on rentre comment dans ce gourbi ?

— Deuxième entrée.

— Descends ta vitre, on ne voit rien.

Bourguoin devança le Roumain, tendit le bras, compressa encore un peu plus le malheureux contre la banquette.

— Deuxième, haleta Virgil.

— Merde, Bourguoin ! Laissez-le respirer !

Correto était carrément à genoux sur son siège, la tête à hauteur de la vitre arrière :

— Mais elle est murée, comme les autres !

— A côté, trou... avec des planches. Enlever planches... arriver dans couloir...

— Si c'est la deuxième cour, s'exclama l'inspecteur, c'est la plus grande. Je le sais, c'est là qu'habitait mon meilleur copain d'enfance. Son grand-père faisait du cidre, il mettait sa presse à bras dans la cour et...

— Bourguoin !

— Oui. Bon... (Yeux fermés, le flic se remémora les lieux)... Long couloir. Immédiatement après, escalier à droite, et escalier à gauche, dans une sorte de petite tourelle. Dans la cour, côté droit, les appartements. Tout du long. De l'autre côté, et au fond aussi, les celliers...

— Et s'il fout le camp par les toits des celliers ?

— Comme je le disais tout à l'heure, il y a d'autres cours. Mais je connais moins bien, ce n'était plus notre territoire. On n'y traînait pas trop.

— Mais elles donnent toutes dans la rue derrière ?

— Obligatoirement. Ils n'ont encore rien cassé derrière. J'ai même l'impression que des logements sont toujours occupés. Normalement, le commissaire Moursault doit le cueillir s'il tente de se tailler par là. Mais faudra peut-être ratisser avant.

Correto tendit le micro à Bourguoin :

— Tenez, expliquez ça à Moursault. Je vois avec les autres voitures.

C'était rituel : dans tous ses dispositifs, Correto aimait avoir un ultime contact physique avec ses hommes.

Le chef de la Criminelle ouvrit la portière. La pluie lui fit du bien, lui donna un coup de fouet. Malgré l'excitation de la situation, la fatigue commençait à le travailler, à l'engourdir par à-coups. Il distribua ses dernières instructions :

— Pas de bordel, compris. On ne donne pas l'assaut et on ne joue pas aux cow-boys. On essaie de le coincer en douceur. Mais on fait gaffe tout de même. On ne sait pas vraiment ce qui nous attend là-dedans...

Il revint à pas pressés, aperçut, au moment de monter dans la 405, deux cyclistes qui roulaient de front. C'était le premier signe de vie extérieure depuis leur arrivée sur les lieux. Il s'arrêta une demi-seconde, les laissa passer à sa hauteur. Equipés de cirés, coiffés de bonnets de laine, les deux pédaleurs bavardaient joyeusement.

— Faire du vélo dans ce coin et sous la flotte, faut vraiment être con..., marmonna Jules Correto en s'engouffrant dans la voiture.

L'inspecteur Bourguoin ricana :

— Peut-être bien qu'ils diraient la même chose de nous, commissaire.

Correto jeta un coup d'œil à sa montre. Sept heures quarante. Il était plus que temps.

— Toi, Virgil, tu restes là. C'est vous qui en avez la garde, un autre gus va venir vous rejoindre, ajouta le flic en s'adressant au chauffeur.

Jules Correto ouvrit la boîte à gants, en sortit un Manuhrin 73. Il le soupesa avec un certain dédain : ça ne valait pas le bon vieil « Unique », son 7,65 automatique. Un petit calibre peut-être, mais on le sentait à peine, et sa précision faisait merveille. Dépassé, avaient décidé les huiles. S'ils le disaient...

Le commissaire colla le micro contre sa bouche :

— Cormoran à toutes les voitures, Cormoran à toutes les voitures. On y va.

23

Il y avait bien un trou derrière la palissade. De la dimension d'un homme, pour peu qu'il avance plié en deux. Ce trou débouchait sur un mur, lui-même percé d'une autre ouverture, et de là on parvenait à un long couloir noir de crasse qui conduisait jusqu'à l'entrée de la cour.

Le cadre était celui qu'avait décrit Bourguoin. Sauf que la cour disparaissait sous les gravats et déchets en tous genres, qu'il n'y avait plus aucun carreau aux fenêtres, et que la plupart des portes des celliers avaient été arrachées. Dans la rue, le matin n'était peut-être pas bien fameux, mais là, dans cet enclos, c'était un autre monde, désespérément sale et crépusculaire.

— C'est marrant, je reconnais l'odeur, chuchota l'inspecteur de la PAF avec une pointe d'émotion : une odeur de renfermé, de truc un peu moisi… en plein air, c'est bizarre, non ? C'est un peu délabré, mais dans l'ensemble, ça n'a pas bougé.

— Bah merde ! commenta l'un de ses collègues écœuré.

Bourguoin confirma l'emplacement des cages d'escalier : elles étaient au nombre de quatre. Le chiffre tombait pile poil. Sans compter son guide, le chef de la Criminelle disposait de huit hommes. Deux par escalier. Lui-même, avec Bourguoin, se réservait les rez-de-chaussée. Le silence était impressionnant. Ce paysage sinistre laissait une impression de vide vertigineux. On ne pouvait imaginer la vie dans de tels décombres.

Le commissaire prit son portable.

— Moursault ? appela-t-il, dédaignant le nom de code.

— Oui.

— Tenez-vous prêts, on fonce.

— OK.

— Allez, go ! ordonna le commissaire.

Les hommes s'élancèrent, arme au poing. Les étages retentirent subitement d'un piétinement de troupeau ; quelques portes, miraculeusement encore en place, claquèrent comme au bon vieux temps des souvenirs de Bourguoin. Pour le duo chargé de la première entrée à gauche, dans la tourelle, ce fut vite fait. Il n'y avait plus d'escalier. La rampe pendait dans le vide comme une branche morte. C'était le gouffre. Ils revinrent sur leurs pas, désemparés.

— Inspectez les celliers ! leur cria Correto avant de s'engouffrer dans le premier rez-de-chaussée.

Il n'y trouva rien, pas plus que dans le second. Mais le troisième fut le bon. Les quatre pièces qui se succédaient tout en longueur regorgeaient des signes évidents d'une occupation récente. Une demi-douzaine de matelas par terre, des couvertures et des sacs de couchage, des cuvettes, des seaux et des brocs, un camping-gaz, des vivres entassés dans des caisses et quelques packs d'eau minérale. Des bougies étaient plantées un peu partout, sur le rebord des fenêtres, sur l'évier, ou sur des couvercles de boîtes à même le sol. Il y avait même un jeu de cartes... Le squat mode d'emploi. Mais de Roumain, point.

Les deux hommes ne perdirent pas leur temps à inspecter les vestiges de l'habitat, et revinrent se placer au centre de la cour.

— Il était là, dit Bourguoin.

Il soufflait comme un phoque, fatigué d'avoir dû cavaler sur trente mètres.

— Ça, je sais, merci ! Mais il n'y est plus.

Les équipes redescendaient les escaliers, toutes bredouilles. Les hommes gardaient le silence ou exprimaient leur échec avec un minimum de mots. Ils connaissaient le patron. Le premier qui s'épancherait se ferait engueuler.

L'œil noir, Jules Corretto rengaina son arme, le remplaça par son talkie. Le dernier espoir, c'était Moursault. Mais il aurait déjà appelé... Celui-là, il allait falloir se le farcir. Jusque-là, il avait su ronger son frein, et en toute dignité. Mais maintenant... La fatigue qu'il avait jusqu'ici repoussée sans trop de peine lui tomba dessus d'un bloc. Tout ce cirque pour rien.

— Commissaire ! Commissaire ! Venez voir...

Corretto fit volte-face, aperçut l'un des hommes affectés à l'inspection des celliers qui sortait d'un des réduits situés au fond de la cour. C'était un jeune barbu, en jean, blouson de cuir et baskets. Il semblait un peu hébété, comme on doit l'être quand on touche les six numéros du loto dans l'ordre.

— Ils sont deux, prononça-t-il.

Flanqué de toute sa troupe, le flic se rua dans le cellier. Effectivement, ils étaient deux. Mais morts.

Les corps avaient été jetés dans une sorte de cave à charbon limitée par une mini-palissade en bois qui empêchait le combustible de se répandre. Ils avaient été grossièrement dissimulés sous des cartons et des chiffons. Par réflexe, le jeune policier s'était penché et avait remué le tout. C'est ainsi qu'il avait attrapé un pied. Même pour un flic, ça fait un choc.

— Dégagez-les ! ordonna Jules Correto. Et enlevez-les de là-dedans, on n'y voit rien !

Le commissaire agrippa le bras de l'inspecteur Bourguoin :

— Allez me chercher Virgil, vite !

Puis il ouvrit son talkie :

— Moursault ? Moursault ?

— Oui.

— Ramenez-vous...

— Vous l'avez ?

— Ramenez-vous ! Et avec Forman.

Le chef de la Criminelle n'avait pas pu se débarrasser du jeune journaliste. En fait, il n'avait pas trop tenté, s'était contenté de le filer dans les pattes du chef de la PAF.

Les deux cadavres furent tirés du cellier, amenés à l'entrée, alignés côte à côte. Ils n'étaient pas trop esquintés. Un peu négligés dans la tenue peut-être et un peu malpropres. Pour la conservation, le cellier n'était pas l'idéal. Mais les macchabs étaient frais, assez frais en tout cas pour que les rats qui pullulaient dans le coin n'aient pas eu le temps de passer à table. Les visages étaient paisibles, et les yeux, grands ouverts, ne reflétaient aucune souffrance, aucune frayeur. Apparemment, ni l'un ni l'autre n'avaient vu la mort venir. Pendant qu'on déplaçait les corps, Jules Correto avait repéré les dégâts au niveau du cou. Les mêmes dans les deux cas. Les deux hommes avaient dû être exécutés à bout portant, d'une balle dans la nuque. Du travail sans bavures. Propre...

La réaction de Mazilu prit tout le monde de court. A la vue des deux cadavres, le Roumain poussa un long cri de bête blessée, tomba à genoux, et, la tête enfouie dans les mains, se mit à psalmodier un prénom.

— Elie... Elie... Elie...

Interloqué, le chef de la Criminelle s'accroupit à ses côtés. Il posa une main fraternelle sur l'épaule du Roumain :

— Qu'est-ce qu'il y a, Virgil, qu'est-ce qu'il y a ?

Mais Virgil, plongé dans un extrême désespoir, sanglotait à gros bouillons, ne cessait de répéter le même prénom :

— Elie... Elie... Elie...

Jules Correto s'énerva :

— Quoi, Elie !... Explique-toi, merde !

Il le secoua, attrapa les deux mains que le Roumain s'était collées sur les joues et les écarta brutalement. Son visage, défiguré par la douleur, ruisselait de larmes.

— Qu'est-ce qui se passe, Virgil ? Qui est Roman ? C'est lequel ?

Hagard, Mazilu continua de délirer dans sa langue natale.

— Virgil ! hurla Correto.

Il appliqua la bonne vieille recette, le gifla à toute volée. Sous l'impact, privé de volonté, le Roumain tomba à la renverse. L'un des inspecteurs se baissa, tenta de le relever, mais Virgil se remit à genoux et demeura ainsi, prostré, les bras le long du corps, les mains dans la boue.

— Virgil, reprit doucement Jules Correto. Qui est Roman ? Le grand ?

— Le grand, ça m'étonnerait...

Le flic se retourna d'un bloc. Mathieu Forman était arrivé.

— Le grand, il était avec Virgil au foyer. Tous deux étaient inséparables. Puis il a disparu... Roman, ce serait plutôt l'autre.

— C'est l'autre, Virgil ?

Mazilu inclina la tête.

— Et le grand, Virgil ?

Le Roumain continua de balbutier. Le flic s'accroupit à nouveau, colla son visage à dix centimètres des lèvres de Mazilu.

— Qu'est-ce qu'il y a, mon vieux ?

— Frère... Elie... frère à moi, articula Virgil.

— Ton frère ! C'est ton frère ?

— Oui... lui partir... dire, si pas donner de nouvelles... toi, pas partir... danger.

— Quel danger ? Virgil, quel danger ?

Le Roumain donnait l'impression d'étouffer. Il se traîna sur les genoux, agrippa les jambes de son frère, puis remonta en rampant le long du corps.

Un inspecteur s'avança.

— Laissez-le, ordonna le chef de la Criminelle. (Il se remit debout, observa le groupe de policiers qui faisait cercle autour de lui.) Toi, dit-il au jeune barbu qui avait découvert les corps, préviens le toubib, « Gros Doc ». Qu'il vienne et vite !... Moursault, trouvez-moi un interprète, s'il vous plaît ! Dans l'état où il est, on ne comprend pas la moitié de ce qu'il dit. Et ce n'est pas le moment !

Le commissaire de la PAF avait enlevé ses lunettes, essuyait ses verres noyés de pluie. Il les remit avec soin, lissa ses cheveux au-dessus des deux branches, porta un regard navré sur le décor. C'était hallucinant. Les deux cadavres allongés, Virgil à demi étendu sur son frère, cette pluie visqueuse, cette cour noirâtre... Sans oublier son ensemble de sport grenat qui tournait à la serpillière.

— Vous ne croyez pas qu'il serait mieux de l'interroger au Central, avança-t-il prudemment.

— Vous voulez rire ! gronda Jules Corretto, c'est ici qu'on va savoir. Dans toute cette merde, devant son frangin qu'on a assassiné, vous allez voir qu'il va se déboutonner, le Virgil.

— Mais qu'est-ce que vous...

— Je n'en sais rien. Mais il y a quelque chose, il y a quelque chose... Je le sentais, maintenant j'en suis sûr. On ne touche à rien, ordonna-t-il à ses hommes.

Virgil se lovait contre son frère. On entendait parfois sa voix qui suppliait :

— Elie... Elie...

Jules Correto prit le jeune Forman par le bras, se fit aimable, protecteur, l'entraîna avec lui.

— Venez, on va se mettre à l'abri. Parlez-moi un peu du grand, Mathieu. Quand a-t-il disparu du foyer exactement ?

24

Assis en tailleur sur l'un des matelas du rez-de-chaussée, Virgil Mazilu était en extase. Barricadé, verrouillé. Et il était le seul à avoir la clé. Après les pleurs hystériques versés sur la dépouille de son frère, le Roumain avait fait ses bagages, était parti en voyage. Très loin, dans un ailleurs inaccessible…

Virgil Mazilu ne pleurait plus, ne gémissait plus, ne souffrait plus. On pouvait même croire qu'il ne pensait plus. Rivé à son matelas, buste raidi et traits impénétrables, il fixait les lambeaux de papier peint qui pendaient sur le mur d'en face. Et parlait. Ou plutôt récitait, récitait une espèce de chant funèbre. Sans la moindre vibration, sans la moindre fibre d'émotion. Le seul désordre dans cette litanie venait du fait que Virgil mêlait sans prévenir roumain et français, et que l'interprète avait parfois fort à faire pour recoller les morceaux. Quand celui-ci s'emmêlait un peu trop les pinceaux, quand la confusion devenait trop grande, Jules Correto demandait à Virgil de s'arrêter. Le Roumain obéissait avec docilité. Et lorsqu'il reprenait, c'était, et sans la moindre hésitation, à l'endroit précis de la coupure. On lui aurait séparé un mot en deux qu'il aurait redémarré par la seconde moitié. L'assassinat de son frère avait mécanisé Virgil Mazilu, l'avait réduit à l'état de robot.

Le chef de la Criminelle s'en était évidemment rendu compte, et avait fait demander à « Gros Doc » de ne pas partir après les constatations d'usage sur ses deux cadavres. C'était un spécialiste des morts, mais les morts vivants pouvaient aussi être de son ressort. Tout à l'heure, il lui demanderait de s'occuper de Mazilu. Mais tout à l'heure seulement. La priorité des priorités, c'était ce que Virgil disait. Car ce qu'il disait était ahurissant.

Ils étaient quatre autour de lui. Correto et l'interprète l'encadraient, se tenaient tout près, recueillaient son moindre souffle. Derrière le chef de la Criminelle, le commissaire Moursault s'était assis avec répugnance et du bout des fesses sur un tabouret gluant de saleté. En arrière-plan, perché sur un rebord de fenêtre, il y avait le jeune Forman. Le journaliste stagiaire vibrait de tout son être, avait l'impression de rêver tout éveillé. Toutes les trente secondes, il se répétait qu'il faisait le métier le plus passionnant, le plus excitant du monde, et que rien ni personne ne pourrait l'empêcher à l'avenir de le pratiquer à temps complet. Forman avait également son utilité, une utilité technique, sous la forme d'un magnétophone de poche qui ne le quittait jamais. Posé sur un tabouret, à cinquante centimètres du Roumain, le petit rectangle noir déroulait sa bande magnétique. Parfois, Mathieu se levait et venait vérifier le bon fonctionnement de l'enregistrement. Il avançait, son grand corps cassé en deux, passait devant le Roumain, et ne pouvait s'empêcher, durant une fraction de seconde, de lui jeter un coup d'œil. L'indifférence de Mazilu le glaçait. Il semblait sous hypnose, ne le voyait pas. Ou, plutôt, son regard le transperçait. Il scrutait de l'autre côté, comme au travers d'une vitre.

L'inspecteur Bourguoin était présent par intermittence, effectuait d'incessants aller et retour entre le squat et l'extérieur. Moursault recevait les comptes rendus ou donnait des instructions. Les yeux écarquillés par la stupéfaction, Bourguoin prenait parfois le temps d'écouter quelques morceaux choisis de la confession de Mazilu et retournait en mission. Il était chargé d'accueillir et de guider Cardoze, le divisionnaire, et Roulland, le juge d'instruction qui, prévenus de la double découverte macabre, avaient annoncé leur arrivée. Du dehors parvenaient d'ailleurs quelques échos assourdis du cirque habituel, mais dans le décor, la scène faisait un peu surréaliste. Sirènes hurlantes, coiffées de leurs tubes lumineux, ambulances et voitures de police jetaient leurs éclats bleutés sur les ruines, déboulaient au chevet de l'immeuble fantôme. Dans les rues et sur le terrain vague, quelques badauds prenaient sur le temps du PMU, commençaient à s'attrouper, à lorgner de tous côtés. Les décombres reprenaient vie. C'était son et lumière au cimetière...

Jules Correto sursauta :

— Attends, Virgil, tu veux bien me répéter ce que tu viens de dire ?

Le Roumain répéta. A la virgule près :

— Voyage aujourd'hui... moi, être dans conteneur aujourd'hui... bateau partir cette nuit.

— Tu es sûr, Virgil ?

— *Canmar Triumph.*

— C'est quoi, ça ?

— Nom du bateau.

— Répète, s'il te plaît. Lentement.

Mazilu détacha chaque syllabe :

— *Can-mar Tri-umph.*

Moursault était effaré. Le Roumain obéissait aveuglément.

— Faites vérifier, lui demanda Corretto sans se retourner.

Moursault se leva, appela Bourguoin.

— Mais ils ne vont pas remettre le voyage à plus tard ? demanda Corretto.

Mazilu répondit dans sa langue natale. Une minute pleine. C'était anormalement long.

— Alors ? questionna le flic — il bouillait d'impatience.

L'interprète traduisit lentement, sans lever le nez de ses feuilles de papier. Il prenait sans cesse des notes.

— Selon lui, ils ne vont pas attendre. Avec son frère, ils ont déjà raté une livraison, et avec lui, ce serait la deuxième. C'est ce qu'ils lui ont dit dans la voiture, lorsqu'il a refusé de partir. Ils doivent obligatoirement livrer. Mazilu dit aussi qu'ils vont sans doute choisir l'un des quatre compatriotes qui étaient arrivés au foyer la Lanterne. Celui qui était prévu après son propre départ, un nommé Moldovan, Anghel Moldovan. Il était déjà au courant, et Cavaneau, comme d'habitude, s'est occupé...

— Cavaneau ! coupa brutalement le policier.

— C'est le nom qu'il a prononcé...

— Qu'est-ce qu'il fait, Cavaneau, Virgil, qu'est-ce qu'il fait ?

— Cavaneau s'occupe conteneurs, reprit Mazilu qui, sans le moindre temps mort, continua en roumain.

L'interprète griffonna avec fièvre.

— Alors ?

Malgré l'humidité glaciale et les courants d'air qui s'engouffraient dans la pièce, la sueur perlait au front de Jules Corretto.

— Il dit que Cavaneau s'occupe de toute l'intendance, les vivres, l'eau, le couchage. Que c'est lui aussi qui donne les renseignements sur les conteneurs, leur emplacement, la date des embarquements...

— Et là, ils sont chez Cavaneau ?

— Non, jamais chez Cavaneau. Cavaneau, rendez-vous sur le port.

— Et tu sais où ils sont maintenant ?

— Hôtel Métropole.

— Et tu avais rendez-vous à l'hôtel ?

— Oui.

— Et après ?

— Pas savoir la suite.

Bourguoin fit irruption :

— Le *Canmar Triumph* part effectivement cette nuit. Il doit appareiller vers vingt-trois heures.

Comme mû par un ressort, Jules Correto se leva, se posta devant le Roumain :

— A ton avis, Virgil, ils n'ont pas encore quitté l'hôtel. Ton copain, il n'est pas encore dans la boîte ?

— Pas encore. Six heures avant… ils disent.

Le flic baissa la tête, se passa lentement la main dans les cheveux. Un coup de barre, se méprit Forman.

— Bordel de Dieu, Moursault, on peut les baiser ! Et dans les grandes largeurs encore ! Un flag, qu'est-ce que vous dites de ça ?

Jules Correto rayonnait.

Le commissaire de la Police de l'air et des frontières nettoyait à nouveau ses lunettes. Après la flotte, c'était la buée. Il se leva sans se presser, savoura la bonne nouvelle avec flegme :

— J'en dis qu'on n'est pas encore couchés.

L'heure qui suivit fut celle d'un branle-bas général. Les deux commissaires se partagèrent les tâches. Jules Correto sélectionna son équipe, laissa le minimum d'hommes dans l'immeuble en ruine, décida de partir dans la foulée camper aux abords de l'hôtel Métropole, et pria pour que Virgil n'ait pas déconné sur les horaires. Il lui fallait un peu de temps…

— Cette fois, ce n'est pas la même musique, on a affaire à des clients sérieux. Si on improvise, on risque de tout faire foirer. Il nous faut des hommes, du matériel et tout le toutim.

Jean-Pierre Moursault prit la réquisition en main. Des renforts en pagaille, une demi-douzaine de tireurs d'élite et un « sous-marin » bien équipé, genre fourgonnette de livraison, qui pourrait stationner au plus près de l'hôtel.

— Je peux peut-être m'occuper aussi de la bouffe, se risqua à dire l'inspecteur Bourguoin — il gémissait sur les méfaits de la malnutrition.

— Plus tard, mon vieux... Vous prenez une bagnole et deux mecs avec vous, vous allez chez Cavaneau, et vous le ramenez au Central.

— Comme ça ? Sans mandat d'amener ?

— Voyez ça avec Roulland.

— Et les bestioles, qu'est-ce qu'on en fait ?

— Démerdez-vous avec la SPA, mon vieux...

Correto se tourna vers Moursault, eut un sourire navré.

— Il est toujours comme ça ?

Dans le gourbi infâme du rez-de-chaussée, « Gros Doc », pouces accrochés aux poches de son gilet gonflé à craquer, tournait avec perplexité autour de Virgil Mazilu. Au cours de sa longue carrière, il avait vu toutes sortes de morts — « C'est comme pour les bourreaux, on me demande toujours à combien j'en suis », rigolait-il —, mais pas encore de morts qui respiraient...

25

Jules Correto avait connu pire pour dresser une souricière. Evidemment, ce n'était pas le style planque intime, avec ruelles sombres, bars louches et fenêtres sur cour. Il y avait de l'espace, énormément d'espace. L'hôtel Métropole trônait à l'entrée de la vraie ville, celle qui se redonnait des couleurs malgré le béton honni. Mais il fallait un peu de patience et parcourir encore trois, quatre cents mètres pour trouver les premiers piétons. Le boulevard qui s'enfonçait comme un pieu dans le cœur de la cité était voué à la bagnole, et la seule vraie humanité de l'endroit consistait en un vaste bassin où clapotait une eau verdâtre. Correto s'en serait bien passé. Samedi était jour de leçon pour les émules de Tabarly, et des dizaines de gamins, sanglés dans leurs gilets de sauvetage orangés, faisaient des ronds à bord de leurs minuscules voiliers. Des gosses dans les parages, ça ne plaisait guère au flic...

De l'autre côté, c'était infiniment plus simple. L'hôtel collait au gigantesque Centre international des affaires, grande bâtisse en brique rouge, éclairée d'immenses baies vitrées, aux lignes géométriques brisées. Commercialement parlant, d'ailleurs, l'un n'allait pas sans l'autre. Ils avaient été construits ensemble et sur le même modèle. C'était imposant, spacieux et fonctionnel. « Business is business. » Mais guère le samedi, et encore moins au mois d'août. Sur le parking du centre, c'était le désert ou presque.

Le commissaire Correto avait trouvé d'emblée la voiture qui l'intéressait. Une Mercedes noire, aux vitres teintées et à la plaque d'immatriculation « corps diplomatique » sagement garée sur l'esplanade de l'hôtel, légèrement de côté par rapport à l'entrée principale. Les propriétaires étaient si tranquilles, si sûrs d'eux, qu'ils n'avaient même pas jugé nécessaire de la ranger dans le parking souterrain. Pourquoi auraient-ils pris cette précaution, d'ailleurs ? Virgil Mazilu leur avait échappé, mais ils n'imaginaient pas un instant qu'il pouvait se jeter dans les bras de la police française, et encore moins lui balancer tout ce qu'il savait. Leur raisonnement tenait la route : Virgil était persuadé que son frère voguait actuellement sur les mers et vers la terre promise. Il ne pouvait pas le trahir...

— Trouvez-moi d'où vient cette tire, ordonna Jules Correto.

La réponse, qui survint moins de vingt minutes plus tard par radio, ne le surprit pas : ambassade de Roumanie.

En attendant le gros de la troupe, le chef de la Criminelle disposa ses quelques hommes autour de l'hôtel, la plupart côté entrée principale ; mais, pour éviter toute mauvaise surprise, la seconde voiture, avec deux occupants, se gara derrière, sur le parking du centre des affaires. Quand Jean-Pierre Moursault arriva sur les lieux, accompagné des premiers renforts, l'ambiance était à la veillée d'armes, et Correto, yeux mi-clos, s'offrait un léger repos.

— Vous devez être crevé, s'inquiéta le patron de la Police de l'air et des frontières en entrant dans la voiture.

Correto se redressa sur son siège.

— Même pas.

C'était vrai, et il était le premier surpris de se sentir aussi bien. La fatigue glissait sur lui, il ne subissait pas l'un de ces matins rouillés qui font durement grincer les rouages de la cinquantaine, et en tirait une satisfaction de vieille coquette. Le boulot, le bon vieux boulot. Henri ne disait pas autre chose. Seulement Henri, aujourd'hui, il se reposait pour l'éternité.

Les deux hommes mirent une bonne demi-heure à peaufiner leur dispositif. C'était du lourd-léger. Comme en boxe. Avec du poids, du punch, mais aussi de la vitesse et de l'agilité. Tout l'effectif était désormais sur place. Il était temps d'investir l'hôtel et de mettre le directeur de l'établissement au courant de la situation avec le maximum de doigté.

Le résultat fut désastreux. Dans le décor de plantes vertes et de moquette bouclée, Correto, pas plus que Moursault, n'eut la manière. Plus ils avançaient dans leur exposé, plus ils voyaient leur interlocuteur se liquéfier.

— Mais ça va être Fort Chabrol, gémit le malheureux responsable.

— Mais non, mais non... Ce qu'il faut, c'est rester naturel, les traiter comme d'habitude, en clients ordinaires, et tout se passera bien. On s'occupe du reste.

— En bons clients, vous voulez dire : M. Sismiac est un habitué.

Un dernier réflexe professionnel. Avant de sombrer. Le directeur était blême et chevrotait du gosier. Il pouvait d'ores et déjà recouvrir son plan de carrière d'un drap noir. Il était jeune, ambitieux, lissait son costume tous les soirs et astiquait ses chaussures chaque matin. Il n'avait pas mérité ça.

— Ne vous en faites pas, on a tout prévu et il n'arrivera rien de grave, répéta Moursault, un peu apitoyé.

Le directeur posa un regard de bête traquée sur les deux hommes.

— Je n'en doute pas, messieurs, mais vous comprendrez que ce n'est pas facile, nous avons notre clientèle...

— ... Et vous continuerez à l'avoir, compléta sèchement Jules Correto. En attendant, dites-nous ce que vous savez sur ce M. Sismiac et ses amis.

Il ne savait rien, si ce n'est qu'il s'agissait d'un diplomate roumain qui, croyait-il, venait régulièrement au Havre pour régler des affaires portuaires. Il ne venait jamais seul, était toujours accompagné de deux collègues. Un trio discret, sans excès d'aucune nature.

— Jamais de nervosité ? interrogea le commissaire de la Criminelle qui cherchait à cadrer ses clients.

— Jamais.

Le directeur fouillait dans sa mémoire, cherchait à rassembler ses neurones qui couraient aux abris. Comme il répétait sans cesse les mêmes choses, les deux flics, lassés, lui conseillèrent d'aller s'enfermer dans son bureau, ce qu'il fit avec une tête à rédiger son testament.

L'hôtesse d'accueil, une petite boulotte délurée, sanglée dans son tailleur-uniforme bleu marine, fut autrement à la hauteur. Elle adorait les films policiers. Les occupants des chambres 308, 309, 310 ? Oui, bien sûr. Ils venaient justement de commander des plateaux-repas. Quatre. Car ils étaient rentrés tout à l'heure avec un de leurs amis. Ça se passait souvent ainsi d'ailleurs. Ils arrivaient à trois et repartaient à quatre.

— Ça ne vous a jamais paru bizarre ? demanda Jules Correto à tout hasard.

La demoiselle ouvrit des yeux étonnés.

— Non, pourquoi ? Vous savez, si tous les clients étaient comme M. Sismiac et ses amis, le travail serait facile…

Elle aussi avait M. Sismiac à la bonne :

— Plutôt bel homme. Et il parle le français à la perfection.

Le téléphone sonna.

— Je vous passe le service, monsieur, répondit l'hôtesse.

Elle cligna de l'œil en direction des policiers, secoua sa blonde queue-de-cheval en signe d'allégresse. La ligne transférée, la charmante posa son opulente poitrine sur le comptoir, mit ses mains en porte-voix autour de sa bouche vermeille et souffla :

— C'est le 308. Il demande une demi-bouteille de bordeaux en plus.

C'était un plaisir.

— Vous tenez le rôle, lui glissa Correto avec un sourire enjôleur.

Quand les deux commissaires sortirent du hall de l'hôtel, le dispositif était enfin bouclé : deux nouveaux garçons d'étage s'activaient à briquer longuement le troisième étage non loin des numéros 308, 309 et 310. Trois hommes d'affaires avaient pris d'assaut le bar, le directeur avait finalement laissé son bureau à un expert-comptable qui aimait travailler la porte ouverte, et, dans le hall, un touriste désœuvré lisait le journal dans l'attente d'un rendez-vous qui ne venait pas...

Dehors, la camionnette du fleuriste se gara à une douzaine de mètres de l'escalier d'entrée. On attendait un mariage... L'esplanade de l'hôtel reçut trois nouvelles voitures qui surgirent presque en même temps et se garèrent en triangle autour de la Mercedes. Les toits plats des immeubles qui bordaient le boulevard, sur la gauche de l'hôtel, reçurent la visite de couvreurs attentifs et minutieux... Et malgré le temps détestable, il y eut même trois enragés de la pêche à la ligne qui commencèrent à déballer leur matériel sur le bord du quai.

— Ne manque plus un bouton de guêtre, commenta Jean-Pierre Moursault après une ultime revue de détail.

Occupé à mettre à mal son second sandwich poulet-cornichons-œuf dur-tomate-salade rapporté par un inspecteur obligeant, Jules Correto approuva d'un grognement. Leur 405 était garée à moins de quinze mètres de la Mercedes.

— Il ne reste plus qu'à attendre, n'est-ce pas, monsieur le juge ? dit le divisionnaire, installé à l'arrière de la voiture.

Benoît Cardoze et Jean-Baptiste Roulland avaient rejoint la troupe. Ils étaient rasés et costumés tendance week-end, mais pas trop. Avec les deux chiffonnés de l'avant, question fraîcheur, il n'y avait pas photo.

Ils sortirent de leurs chambres à seize heures vingt-cinq. Et sur leur fréquence d'appel, les garçons d'étage sonnèrent les trois coups. Ils étaient bien quatre, dont deux qui portaient à la main de confortables sacs de voyage en cuir fauve. Le non-habitué de l'hôtel se reconnaissait tout de suite. A son allure fruste, à ses fringues de chantier et au fait aussi qu'il ne quittait pas les autres des yeux, qu'il collait littéralement à leurs pas. On devinait sans peine qu'il n'appartenait pas au même milieu.

Ils ne se hâtèrent nullement, ne prêtèrent nulle attention aux occupants du bar et au lecteur de journal. Pendant que ses compagnons patientaient dans le hall, l'un des hommes passa à la réception pour régler les chambres. Un blond aux cheveux lustrés et plaqués en arrière, presque gominés à l'ancienne mode. Elancé et plutôt élégant dans son trench-coat de couleur mastic. La blonde réceptionniste l'accueillit avec un sourire de star, prit la carte de crédit des mains du client avec un doigté de professionnelle. Une « American Express » au nom de Carol Sismiac.

Les quatre hommes sortirent deux par deux, descendirent l'escalier et se dirigèrent dans cet ordre jusqu'à la Mercedes. Gênés par la pluie, ils pressèrent le pas, marchèrent tête inclinée pour éviter de prendre de la flotte dans les yeux. Parvenu à une dizaine de mètres de sa voiture, Sismiac actionna sa commande d'ouverture des portes à distance. La coïncidence voulut que les policiers surgissent au même instant de leur cachette.

— Police ! On vous arrête ! hurla Jules Correto tandis que clignotaient les feux de la Mercedes.

Le grand à la dégaine d'ouvrier s'immobilisa immédiatement et, bras levés, attendit peureusement la suite des événements. Ce fut le seul. L'un de ceux qui ne portait pas de sac, un type athlétique et au crâne dégarni, se réfugia aussitôt derrière la voiture, puis se mit à courir en zigzaguant, en cherchant à s'abriter entre les autres véhicules. Mais il eut également la malencontreuse idée de sortir une arme et de tirer au jugé et à plusieurs reprises en direction des policiers. Trois fois exactement. Ensuite, il n'eut plus le temps de faire quoi que ce soit. Des flics, il y en avait partout, y compris derrière les carrosseries où il se réfugiait. Il se désarticula littéralement sous la mitraille, mais resta miraculeusement debout, adossé à un break Volvo. Dans un ultime sursaut, il leva une dernière fois son arme, sans pouvoir tendre son bras, sans même avoir la force d'appuyer sur la gâchette. L'inspecteur qui lui faisait alors face n'éprouva pas le désir de jouer sa vie à la roulette russe. Il était à moins de trois mètres. La balle de son Smith & Wesson frappa en plein front.

Un autre homme, plus fluet et plus en jambes, compta sur sa vitesse de course, projeta de contourner l'hôtel pour se retrouver sur le grand parking du Centre international des affaires. Mais dès qu'il se vit confronté à quatre canons de pistolet bien en ligne, il renonça et se rendit. Par conséquent, resta en vie.

Personne ne comprit d'abord ce que voulut faire l'élégant Carol Sismiac. Il balança son sac au loin, se rua à l'arrière de la Mercedes et verrouilla à nouveau les portes. Correto et Moursault se trouvèrent un peu idiots, d'autant que les vitres teintées ne laissaient rien deviner de ce qui se passait à l'intérieur.

— Rendez-vous ! hurla Moursault. Vous n'avez aucune chance.

La détonation qui suivit créa une courte panique. Les hommes s'agenouillèrent, se couchèrent à terre. Puis, devant le silence qui persistait, Correto s'approcha avec précaution de la Mercedes et, par la lunette arrière, repéra vaguement un corps affalé sur la banquette, sans pouvoir déterminer avec exactitude où se trouvait la tête. Il comprit plus tard, quand on parvint à forcer la portière. Le visage de Sismiac reposait, légèrement renversé en arrière, sur la banquette de cuir ivoire éclaboussée de sang. La mâchoire inférieure était éclatée, ne subsistait plus qu'en une multitude de petits os déchiquetés. L'homme s'était tiré une balle de 357 Magnum sous le menton.

— C'est bien cela : Carol Sismiac, attaché culturel à l'ambassade de Roumanie, annonça un des flics en ramenant les papiers d'identité trouvés sur le corps.

— Amen, fit l'inspecteur Bourguoin qui était juste rentré assez tôt du Central pour assister au carnage.

Suivi du juge d'instruction Roulland, du divisionnaire Cardoze et du commissaire Moursault, Jules Corretto se dirigea vers celui qui avait instantanément levé les bras en l'air. Il n'avait pas changé de position, n'avait pas bougé d'un centimètre. Seules ses mains s'étaient rabaissées au niveau de la tête. C'était un grand type au visage osseux qui, bien nourri, devait sans doute être costaud. Ses cheveux très noirs descendaient raides et très bas dans le cou, luisaient comme un casque sous la pluie. Il ne faisait ni très sain ni très prospère.

— Comment t'appelles-tu ? demanda Corretto.

— Anghel.

— Anghel comment ?

Le Roumain hésita deux secondes, puis, avec une expression fataliste, lâcha :

— Anghel Moldovan.

Virgil n'avait pas déconné.

— Eh bien, Anghel, je vais te demander d'enlever ton vêtement.

C'était une parka de type militaire, fourrée, avec capuche. Totalement hors de saison.

Le Roumain s'exécuta avec quelque difficulté.

Il semblait souffrir d'une grande rigidité au niveau du buste, comme s'il était enserré dans un corset. Il s'aida beaucoup des bras, donna sa parka à l'un des policiers.

— Ton pull maintenant, s'il te plaît.

Un pull bleu marine ras du cou, en grosse laine, trop large de deux tailles. Le Roumain ne comprit pas. C'est du moins ce qu'il laissa croire.

Le chef de la Criminelle s'approcha de lui, pinça la laine entre le pouce et l'index.

— Le pull, répéta-t-il.

Le Roumain s'exécuta à regret. Et dut produire à nouveau un effort étonnant pour ôter son pull-over en le passant par la tête. Et, tandis qu'il s'escrimait à tirer sur ses manches, un gilet de toile beige, style reporter, pourvu d'une triple rangée de poches, à l'avant et à l'arrière, apparut. C'était un vrai carcan, qui le serrait étroitement de la naissance du cou à la ceinture. Et toutes ces poches-cartouchières étaient gonflées au maximum, remplies de boudins de poudre blanche enveloppés dans des sachets de cellophane transparents.

— Merde ! s'exclama un inspecteur ébahi. De la dope.

Jules Correto sortit un boudin d'une des poches, le soupesa d'un air rêveur, puis le passa au divisionnaire Cardoze.

— Héroïne pure. Vingt kilos exactement.

EPILOGUE

Robert Bassot reposa son téléphone avec un sourire amusé.

— La télé canadienne. Il paraît que chez eux ça fait du bruit aussi. Il y a une équipe qui passe au canard en fin d'après-midi.

— Ils viennent de là-bas pour ça? s'étonna Jules Correto.

— Ils ont un bureau à Paris. Je vais leur foutre le gosse dans les pattes. Ils ont du bol, Mathieu finit ce soir. En fait, c'est toi qu'ils devraient interviewer, ils sont cons.

— Penses-tu! s'exclama le flic avec une fausse humilité. Depuis que les Stups ont déboulé, on ne demande plus grand-chose au petit localier.

Ils étaient comme deux vieux chercheurs d'or qui s'étaient fait piquer leurs pépites, et n'en faisaient pas une montagne.

— C'est comme les Parisiens, ils ont fait leurs titres avec des trucs qu'on a publiés depuis huit jours. Mais bon, nous avons été les premiers, philosopha Bassot, ce n'est déjà pas si mal...

L'affaire des « conteneurs de la drogue » avait

provoqué une formidable poussée médiatique. Les grands titres, presse écrite, télés et radios, avaient rangé sans regret leur crème à bronzer et sonné la rentrée avec quelques jours d'avance. C'était un sujet en or, inespéré, pour redémarrer l'actualité. Il y avait de tout dans cette histoire. Du Simenon et du Cendrars, du Zola et du Soljenitsyne. Il y avait eu de belles photos et des récits pathétiques. Quelques princes du reportage avaient bivouaqué dans les camps des Roumains déplacés, avaient pisté l'immigration illégale jusqu'au Havre, puis s'étaient envolés vers le terminus canadien. Par avion, pas par conteneur...

La misère et le désespoir avaient une nouvelle fois tartiné le papier journal. Le terreau de la délinquance — ce n'était pas un scoop — dans lequel piochaient les méchants trafiquants pour trouver leurs passeurs. Ils n'avaient qu'à se baisser pour ramasser, mieux encore, fallait trier, sélectionner. Car il y avait foule. Ces malheureux Roumains vivaient déjà à fond de cale, et n'ayant plus grand-chose à perdre, ils n'avaient plus peur de rien.

C'est ce que Virgil le robot avait expliqué à Jules Correto. Lui et son frère avaient été élus. Passer vingt kilos de came signifiait également jouir de tous les avantages d'une sécurité optimale. C'était la filière VIP, celle qui ne les laissait pas errants sur le port, qui ne les laissait pas croupir dans les conteneurs. La clandestinité première classe où tout était organisé et minuté. Des complicités locales introduisaient le passeur dans sa boîte après le contrôle des hommes de la SPC et le tour était joué. Huit mois de boulot et huit cents kilos de came évacués sans le moindre bobo. Pendant ce temps-là, les flics accrochaient à leur palmarès de pauvres hères qui n'avaient plus que la peau sur les os.

La découverte de Roman par les hommes de Borel avait grippé la machine. Personne ne pouvait prévoir la folle exigence de la compagnie Canada-Maritime qui avait réclamé le contrôle systématique de tous ses conteneurs juste avant le départ du navire. Fort heureusement, Roman avait réussi à fuir avec sa précieuse cargaison et sans laisser le moindre indice. Mais il avait dû tuer aussi. C'était un trop gros danger pour l'avenir. On l'avait donc félicité, caché... et exécuté.

Rassurée, la filière avait donc mis Elie Mazilu dans le circuit, et tout de suite derrière, Virgil son frère. La vraie erreur était venue de là. Car, depuis quelque temps, Elie se méfiait. Parmi les passeurs qui l'avaient précédé, il connaissait trois ou quatre copains à qui il avait fait promettre d'écrire une fois qu'ils seraient rendus au Canada. Là-bas, selon Sismiac le diplomate, ils étaient pris en charge et installés avec un petit pécule. Le prix du passeur. Elie avait vainement attendu des lettres qui devaient transiter par l'Eglise orthodoxe roumaine de Paris. Ce silence l'avait troublé, puis franchement inquiété. Aussi, quand son tour était venu, avait-il fait jurer à son frère de ne pas bouger, de ne pas accepter de partir sans avoir de ses nouvelles. Et puis Elie avait été tué à son tour. Pourquoi ? Personne n'en savait rien. Seul le rescapé de l'hôtel, le fluet au crâne dégarni, pouvait éclaircir ce mystère. Mais, après voir dit qu'il tenait à sa peau, il se murait dans un silence total. Sans doute, pensait Jules Correto, qu'Elie Mazilu avait trouvé des preuves pour étayer ses soupçons, qu'il avait appris que Roman avait été assassiné. Peut-être même avait-il découvert son corps dans le squat où il était prévu qu'il passe sa dernière nuit avant le grand embarquement.

Contacté à son tour, Virgil avait décidé d'obéir à son frère aîné. Il avait fait sa mauvaise tête, avait dit aux caïds de la Mercedes noire qu'il ne partirait pas sans avoir de nouvelles d'Elie. C'était un naïf, il se croyait libre de laisser tomber. Or, les messieurs de la Mercedes étaient à cran. D'abord Roman, puis Elie, et maintenant Virgil... Après des mois de trafic sans histoire, la machine s'enrayait sans cesse. Alertés, les commanditaires et les clients perdaient patience et devenaient soupçonneux. Et le soupçon, chez ces gens-là, c'était juste avant le pire.

Dans la voiture, Virgil n'avait pas tardé à comprendre. On lui avait rappelé qu'on avait beaucoup investi sur lui, qu'il avait été pris en charge d'un bout à l'autre du voyage jusqu'au Havre, et qu'enfin il avait promis... Et comme il n'avait pas eu l'air de comprendre, Sismiac et ses hommes en étaient venus aux menaces. Un Mazilu récalcitrant, ça ne pesait pas lourd dans la balance. Cette fois, Virgil avait compris le danger. Il avait feint la soumission. L'ambiance s'était alors légèrement détendue. M. Sismiac avait même dit que Virgil, finalement, était un brave garçon. Un peu tête de mule, mais brave. C'est à ce moment-là qu'il s'était échappé.

La suite, c'était Forman et son scooter...

— Qu'est-ce qu'il devient, Virgil ? Toujours en psychiatrie ? interrogea Robert Bassot.

— Plus que jamais... (Le visage du policier s'était assombri.) J'ai pris des nouvelles hier : il est complètement à côté de ses pompes. En dehors d'Elie, le prénom de son frère, il ne dit plus un mot.

— Et ça va s'arranger ?

Correto haussa les épaules :

— Le toubib lui-même n'en sait rien. Il faut attendre l'effet des médicaments, qu'il dit... mais pour l'instant, c'est un légume.

— Et Cavaneau ?

— Ah lui, c'est autre chose. Il a suffi de lui agiter sa dose sous le pif dès qu'il s'est trouvé en manque, et il a tout balancé. Mais tu en sais autant que moi, ton Forman a tout publié...

— Tout ? fit Bassot avec scepticisme.

— Oui, c'était la plaque tournante locale. Informateur, boîte à lettres et responsable de l'intendance. Grâce à lui, on a grillé tout le réseau havrais, et notamment les deux gus du port qui filaient les tuyaux sur les conteneurs. Mais au-delà, il ne sait rien, le vieux.

— Je suppose qu'ils le tenaient par la drogue ?

— Pas seulement. Ce type-là n'était plus qu'un bloc de haine et de vengeance. S'il avait pu, il aurait fait sauter la ville...

— Et maintenant ?

— En désintoxication intensive. A ce que je

sais, ce n'est pas brillant, la came et la vengeance, c'est à peu près tout ce qui le soutenait en vie...

— Quand même, Cavaneau, Raoul Cavaneau, fit le journaliste, pensif.

Mathieu Forman tapota d'un doigt léger contre la porte vitrée restée entrouverte et entra en coup de vent. Il tenait une dépêche de l'Agence France-Presse à la main :

— Vous avez vu, monsieur Bassot, au Québec, ils...

Le stagiaire aperçut Jules Correto, amorça un mouvement de repli.

— Excusez-moi, je ne savais pas que vous étiez occupé.

— Restez, mon vieux. Qu'est-ce qu'elle a, cette depêche ?

Le policier pivota légèrement, se mit en biais sur sa chaise.

— Salut, Forman !

— Bonjour, commissaire. Apparemment, Virgil avait raison. La police canadienne ne retrouve aucune trace des clandestins roumains qui passaient la drogue. Par contre, ils sont certains que la came arrivait bien à destination. Selon la dépêche, tout se jouait pendant que le bateau remontait le Saint-Laurent. D'ici qu'ils trouvent des complicités parmi l'équipage, il n'y a pas des kilomètres.

— C'est même certain, approuva le rédacteur en chef en se saisissant de la dépêche.

Il la parcourut rapidement, la passa à Correto.

— C'est docteur Petiot à la sauce roumaine.

Sauf que les victimes partent et ne passent pas à la chaudière. Elles sont noyées.

— N'empêche, ça déménage, hein, commissaire ?

Mathieu Forman forçait un peu son enthousiasme. Depuis quelques jours, il avait l'impression qu'on lui pillait son trésor, et il était encore trop jeune pour l'accepter de plein gré. Sans lui, l'affaire n'aurait jamais pris cette tournure spectaculaire, et il avait envie de le gueuler sur tous les toits. Au lieu de ça, il lisait les papiers des autres, d'un tas de journalistes qui avaient pris le train en marche. Quelques-uns étaient venus le voir d'ailleurs, puis s'étaient envolés vers d'autres horizons. Son journal n'avait pas les moyens. Robert Bassot avait tenté de le raisonner : « Nous sommes un canard local à vocation locale, mon petit », lui avait-il dit. C'était encore une leçon pour l'avenir. Mais en attendant, il avait dû se contenter de rewriter des dépêches d'agence. Et même avec sa patte personnelle, c'était frustrant.

— Et ça ne va sûrement pas s'arrêter là, vous ne croyez pas ? poursuivit le stagiaire.

Jules Correto se leva, sortit sa pipe de la poche.

— J'ai bien peur au contraire qu'on n'aille pas beaucoup plus loin. Avec le dénommé Sismiac, on tenait un maillon, mais il s'est filé une balle dans le caisson. Et quand bien même il aurait parlé, qu'est-ce que cela aurait donné de plus ? Pas grand-chose.

— Quand même, protesta faiblement Mathieu.

Le flic s'approcha du jeune garçon, lui tapota l'épaule avec le tuyau de sa bouffarde.

— Vous savez ce que c'est, cette filière roumaine de la drogue ? L'une des petites conséquences du gigantesque bordel qui règne aujourd'hui dans l'ex-URSS. C'est très simple à comprendre : l'Asie centrale soviétique est devenue le troisième producteur mondial de pavot. Pour les mafias locales, c'est plutôt miam-miam, j'aime autant vous le dire. Rien qu'en Ouzbékistan, les gangs ouzbek, azéri, tadjik et j'en passe, se régalent... et depuis que le régime communiste s'est effondré, la fête est complète. Là-bas, c'est une vraie passoire, il suffit de se tenir informé pour savoir que les mafiosi tiennent le haut du pavé. A Moscou aujourd'hui, c'est tout juste si les trafiquants de came ne tiennent pas boutique et ne se réunissent pas en congrès. Et les autres capitales de l'Est suivent : Budapest, Sofia, Bucarest... Comme la came en provenance de l'Est est l'une des moins chères sur le marché, les caïds américains sont demandeurs. Il n'y a plus qu'à prendre son billet, via Hambourg, Rotterdam ou... ou... ou...

— Le Havre, compléta Forman.

— Voilà. La boucle est bouclée. Et ce n'est pas avec une épuisette que l'on va chasser le mal. Mais ça ne date pas d'aujourd'hui, et ce n'est pas seulement valable pour le trafic de drogue.

Robert Bassot rigola franchement.

— Je ne te savais pas communiste, vieux.

Jules Correto s'abattit lourdement sur sa chaise.

— Arrête tes conneries. Et puis, je ne sais pas pourquoi je m'énerve.

— Pour rester jeune !

— Peut-être bien. Ah, justement, puisqu'on parle de jeune, vous nous quittez demain, je crois, Forman ?

— C'est exact.

— Vous êtes libre ce soir ? Parce que, avec Bassot, on s'était dit que l'on pourrait se faire une petite bouffe d'adieu, histoire de marquer le coup. Hein, Robert ?

— Euh, oui...

Bassot était estomaqué. Correto ne lui avait jamais parlé de ce repas.

— D'accord, Forman ? répéta le chef de la Criminelle.

— Bien sûr, avec plaisir, prononça le jeune, un peu paumé.

— Il y a un petit magret auquel je voudrais goûter. Tu sais, Robert, celui du resto, au Perrey.

Robert Bassot bondit sur son fauteuil :

— T'es gonflé ! L'autre soir, tu m'as affirmé qu'il devait être dégueulasse... Ce n'est pas plutôt à la patronne que tu voudrais goûter, par hasard ?

— Qu'est-ce que tu vas chercher...

— Tu parles !

— D'ailleurs, j'y suis déjà retourné.

— Non mais, quel faux cul ! Quel faux cul ! clama encore Bassot, l'air faussement écœuré.

Le stagiaire se sentit de trop, chercha une sortie discrète :

— Bon, j'y vais.

— Attendez, Forman ! (Le rédacteur en chef s'était levé, s'était retourné contre le mur et décrochait la « une » du *Paris-Soir* du 20 avril 1939, celui de Pierre Lazareff et d'Hervé Mille.) Puisque nous sommes dans notre jour de bonté. (Il contourna son bureau, tendit le cadre au jeune homme.) Voilà ! Prenez ça !

— Mais, monsieur Bassot..., balbutia Forman — il restait les bras ballants.

— Oh ! c'est lourd !... Ecoutez, vous n'entrez pas une seule fois dans mon bureau sans lorgner dessus. Et ça m'énerve. Alors, prenez-le !

Le stagiaire s'empara de la « une », la tint à l'horizontale, comme un plateau.

— C'est un cadeau formidable, monsieur Bassot. Formidable.

Le rédacteur en chef épousseta l'air de ses deux mains.

— C'est ça... c'est ça.

Mathieu sortit à reculons, buta dans les pieds de Jules Correto.

— Oh, pardon !

Le flic avait l'œil rieur :

— C'est un peu con, les vieux... hein, Forman ?

Du même auteur

Aux Éditions Albin Michel

QUAI DE L'OUBLI

LA MAIN MORTE
(Grand Prix de littérature policière, 1995)

LA NUIT DES DOCKS

La composition de cet ouvrage
*a été réalisée par l'***Imprimerie Bussière,**
l'impression et le brochage ont été effectués
sur presse Cameron
dans les ateliers de **Bussière Camedan Imprimeries**
à Saint-Amand-Montrond (Cher)
pour le compte des Éditions Albin Michel.

Achevé d'imprimer en mars 1997.
N° d'édition : 16297. N° d'impression : 169-4/186.
Dépôt légal : mars 1997.